: 그의 직장 성공기

Holic
: 그의 직장 성공기 8

초판 1쇄 인쇄일 2016년 3월 16일 | **초판 1쇄 발행일** 2016년 3월 18일

지은이 복면작가 | **펴낸이** 곽중열 | **담당편집 팀장** 이범수
편집부 신연제 이윤아 김은경 홍현주

펴낸곳 (주) 조은세상 | 출판등록 제 2002-23호
주소 경기도 연천군 미산면 청정로 1355
TEL 편집부 02)587-2966 | FAX 02)587-2922
e-mail bukdu@comics21c.co.kr

ISBN 979-11-5832-495-7 | ISBN 979-11-5832-294-6(set) | 값 8,000원

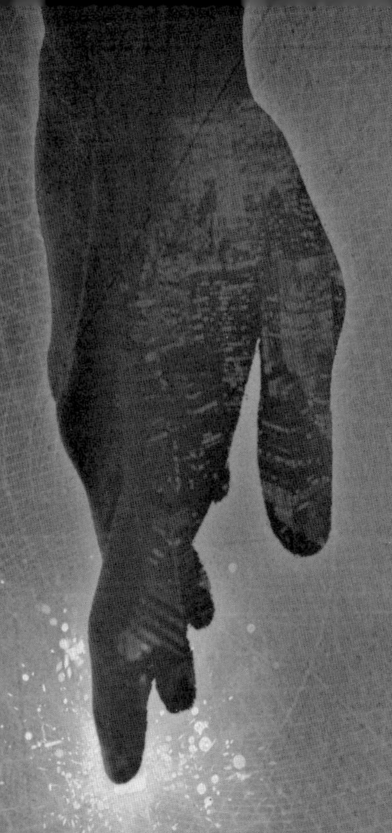

홀릭

: 그의 직장 성공기

HOLIC

복면작가 현대 판타지 장편소설

NEO MODERN FANTASY STORY & ADVENTURE

(주)조은세상

CONTENTS

NEO MODERN FANTASY STORY & ADVENTURE

: 그의 직장 성공기

: 그의 직장 성공기

176회. 아버지와 아들

민호와 재권이 포장마차에서 안재현의 의도에 대해 강하게 의심하고 있던 그때.

방정구는 과천에 있는 MVP 호텔에서 밖을 내다보고 있었다.

그는 최근 여러 가지 눈에 보이는 성과를 거두었다.

특히, 인도네시아에서.

하지만 이게 시작이었다.

무엇보다 자신의 성과를 미국에 있는 존슨에게 알려, 입지를 더 탄탄히 하는 게 중요했다.

그래서 손에 들고 있는 스마트폰으로 전화를 걸었다.

(여보세요?)

"접니다. 회장님. 인도네시아 일 보고드리려고 전화했습니다. 슬럼가 개발권을 이번에 인수한 건설사에서 주도적으로 맡았습니다. 아마 꽤 돈이 될 것 같습니다. 목재와 종잇값의 변동이 생길 테니, 그쪽 회사도 알아보고 있습니다."

(잘했다, 아들아.)

잘했다 아들아.

그 말이 귀에 착착 감겼다.

자신의 양아버지에게 그 말을 듣는 순간, 쾌감은 골수까지 뻗친다.

(그런데 말이야….)

그러다가 고조된 쾌감이 급격하게 식었다.

약간 긴장이 된다고나 할까?

방정구의 동공이 살짝 작아졌다.

뭔가 마음에 안 들 때, 'By the way…' 로 시작하는 존슨을 잘 알고 있기 때문이다.

(굳이 한국에서 활동할 필요는 없을 거 같다. 그쪽이 기업활동 하는 데 크게 편한 곳도 아닌데 말이야. 차라리 두바이가 어떠니? 요즘 규제가 완전히 개방돼서 세금도 적고, 딱 적당할 텐데 말이야.)

"아닙니다. 한국은 기회의 땅입니다. 그래서 다시 들어왔어요. 극동에는 중국이 있습니다. 중국 시장을 노리기 위해서는 인접 지역 중 한국이 제일 낫습니다. 일본은 자국 기업 아니면 뚫기 어려우니까요."

논리적으로 설득하는 게 쉽지는 않았다.

현재까지 눈에 보이는 결과는 단 하나.

바로 홈 마트의 완전 장악.

상장된 주식에서 내린 후에 완벽하게 홈 마트를 잠식했고, 이제는 100% 글렌초어의 것이다.

하지만 그걸로는 부족했다.

"그리고 제약 쪽을 알아보고 있습니다."

(제약?)

"네, 잘하면 스위스의 모슈의 꼬리 끝을 잡을 수도 있습니다. 당장은 아니지만, 3년 후에 그쪽 신약 특허 하나가 끝나는 순간을 노려 신제품을 출시할 수 있거든요. 그 신약이 바로 알츠하이머 진행 억제제입니다. 아시겠지만, 원래의 약보다 더 효과 높은 약을 출시하는 순간, 회사의 주식이 곤두박질치는데…. 그렇게 되면 거대한 먹잇감이 손에 들어올 수 있어요."

(흠…. 알았다. 일단 네 결정에 맡기마. 그럼 항상 건강 조심하고.)

"아버님도요."

전화를 끊고 나서.

방정구의 단추 구멍 눈에 오묘한 빛이 새겨졌다.

고등학교 때 그의 친아버지, 방용현의 입에서 글렌초어가 나왔다.

호기심에 파고 또 파고.

머리 좋고 집요한 그는 한 인터넷 사이트에서 신비한 이야기를 듣게 되었다.

글렌초어는 글렌초어 가문이 세운 기업이라는 것을.

실제 글렌초어는 어마어마한 기업집단이며, 지금 사람들이 알고 있는 글렌초어는 일부에 불과하다는 것도 그 사이트에 기록되어 있었다.

믿거나 말거나 사이트였지만, 당시 방정구는 글렌초어의 전부를 알고 싶었다.

미국 유학을 보내달라고 아버지에게 말했던 시점이 바로 그때였다.

그리고….

우여곡절 끝에 그는 그곳에서 한 사람을 만나게 되었다.

그게 바로 에이스 그룹의 총수, 존슨이었다.

글렌초어 가문의 중심에서 밀려나 있던 존슨의 눈에 들기 위해서 많은 노력을 기울였다.

다행히 하버드 입학은 옆에서 계획을 제안할 수 있는 최소한의 자격 요건이었고, 어린 나이였음에도 방정구는 능력을 보여주었다.

결정적으로 에이스와 킹 그룹의 합병을 계획한 일은 방정구가 한 최고의 일이었다.

에이스와 킹 그룹의 합병 후에 A&K에서 은밀히 세력을 넓히고 안으로 잠식해 들어가며, 종내에는 킹 그룹의 많은 것을 흡수한 채 결별했다.

실질적으로는 알맹이만 쏙 빼먹고 계열 분리를 한 것이다.

당연히 방정구는 존슨의 눈에 들게 되었다.

어느새 그의 양아들로까지 발전하게 된 방정구.

시간이 흘러 한국에서 자신의 친부인 방용현의 일을 알게 되고 드디어 입국한 게 바로 올 초였다.

방용현을 건드린 건 바로 자신을 건드리는 일.

마음속에 두 명의 적을 규정하고 그들을 무너트리기 위해서 현재까지 달려왔다.

안타까운 건 존슨이 전력으로 지원해주지 않는다는 점이었다.

이건 시간이 필요하다.

한국에서 성과를 보여주면 될 일이라 생각한 방정구는 일단 다음 타겟을 조사하기 시작했다.

조금 전까지 존슨과 통화한 스마트폰을 다시 켜서 JJ 사모펀드 장규호에게 전화했다.

(여보세요?)

"접니다, 아저씨. 그 일은 혹시 어떻게 되었습니까?"

(최민식을 만나는 일은 쉽지가 않아. 아무래도 글로벌로 완전히 마음을 굳힌 거 같아. 첫 통화 이후에 전화도 받지 않아.)

"그럼 다른 방법을 찾으셔야죠."

다른 방법이라.

그 정도의 능력은 보여줘야 JJ 사모펀드의 대표직을 맡을 수 있었다.

아무리 자신과 장규호의 관계가 친분으로 맺어졌다지만, 공은 공이고 사는 사이기 때문이다.

그래서인지 살짝 긴장된 목소리가 스마트폰을 타고 흘러나왔다.

(응. 그래서 알아봤는데, 최민식의 스승 쪽을 공략해 보려고. 지금 파일 보낼 테니까 한 번 봐봐.)

"네, 아저씨."

전화를 끊고 방정구의 태블릿 PC에서 '까똑' 소리가 났다.

장규호가 급했던지 바로 파일을 전송한 모양이다.

방정구가 파일을 터치했을 때, 한 사람의 신상이 확대되었다.

꼬장꼬장하게 생긴 외모와 함께 그에 대한 리포트가 방정구의 눈에 들어왔다.

〈윤종환 교수〉

나이 : 73세

… (중략) …

특이사항 : 최민식의 은사. 10년 전 한국대학교 교수직에서 사임하고 현재 아무 일 하지 않고 자택에서 칩거 중. 최민식과의 인연은 둘째 치고 제약계에서 윤종환의 제자가 매우 많아서 그를 영입할 경우….

⚜

재권과 헤어져 집에 가는 길에 민호는 많은 생각을 했다.

지금까지 생각한 적이….

실제의 적이 아닐 수도 있다?

고개를 가로저었다.

잠시 이상한 생각이 들었을 뿐이라고 확신했다.

그 확신이 들자, 안재현이 진짜 제약을 집어삼킬지도 모른다는 생각이 들었다.

그래서 추진하고 있던 일을 빨리 전개해야겠다고 생각했다.

일이 잘 맞물려가려는지, 다음날 차원목 과장이 최민식을 중심으로 한 신약 개발팀의 구성원을 올렸다.

정확히 말하면 아직 팀이 구성되지 않았으니, 스카우트할 사람의 명단이라고 해야 옳았다.

명단을 봐도 누군지 모르는 민호.

그에게 간략히 브리핑을 받았다.

"특히, 거기에 윤종환 교수님이 가장 핵심입니다."

"나이가 꽤 많으신데요?"

"그렇죠. 하지만 한국대학교에서 생명과학분야의 일인자였습니다. 당시 줄기세포 논란에 휘말리면서 퇴직하셨죠."

"그럼 문제가 있는 분이잖아요."

"직접적인 관련은 없습니다. 실제 담당한 사람은 아시다시피 다른 사람이고, 같은 학과의 교수진이라서 혹시나 같이 휘말릴까 봐 퇴직하신 거 같습니다. 거기다가 당시 윤 교수님의 아들이 한국대학교 교수로 임용되었는데, 뒷말이 나올지도 모른다고…."

"그럼 꽤 강직하신 분이군요."

"그렇습니다. 그래서 오히려 팀 구성원으로 하기가 쉽지는 않다고 생각합니다."

여기까지 보고받은 민호는 고개를 끄덕였다.

그래도 포기할 수는 없었다.

차원목이 나간 후 인터넷으로 '윤종환'이라는 이름을 쳤다.

그런데 그의 얼굴이 낯익었다.

딱 봐도 아는 사람이었다.

이번 일은 왠지 잘 풀릴 것 같은 예감이 들었다.

그때 똑똑똑 소리와 함께 급하게 들어온 권순빈이 그에게 이렇게 말했다.

"대장, 방정구가 대놓고 이상한 짓을 하는 것 같습니다."

"그게 무슨 소립니까?"

"제약 회사 주식 하나를 매수하고 있어요. 이건 확실히 인수하려고 하는 거나 마찬가집니다."

"제약 회사라고요?"

민호의 눈에 의문이 섞였다.

방정구의 의도. 제약회사를 노리고 있다는 점으로 보아 이상하게 타겟은 신약일 것만 같았다.

설명할 수는 없었다.

느낌이 그렇다는 것일 뿐.

그리고 신기하게 민호의 느낌은 아주 잘 맞는다.

그날 저녁 언론에서 JJ 사모펀드가 제약 회사를 인수한다는 소식을 내보냈다.

민호는 이제 확실히 알았다.

방정구는 이전에도 그리고 이후에도 글로벌을 타겟으로 움직이로 있었다.

전쟁을 선포한다면 바로 대응해주리라.

민호의 눈에 불꽃이 꿈틀거렸다.

⚜

JJ 사모펀드가 새로운 제약 회사를 인수한 다음 주.

글로벌 본사의 13층, 즉, 경제연구소에 새로운 인물이 합류했다.

그가 바로 최민식이었다.

민호는 그를 성혜 제약에 복귀시키지 않았다.

그 이유는…?

"이곳에 실험실을 만든다고요?"

"네, 그렇습니다."

자신을 황당한 눈으로 바라보는 최민식에게 여유 있는 웃음을 짓는 민호.

"정확히 말하면, 이곳에 '도' 실험실을 만들겠다는 겁니다. 이미 글로벌 건설 쪽에다가는 새로운 연구소를 부탁했어요. 시간이 좀 걸릴 겁니다. 그래서 단축하는 방법을 생각해봤어요. 둘러보셨겠지만, 13층은 좁지 않습니다. 사람을 더 뽑아서 채워넣으라고 했는데, 아직 시간이 더 필요하고, 그럴 바에야 잠시 구조변경하는 게 좋을 것 같았습니다."

"그렇군요…."

이미 잡은 고기에도 최선을 다하는 모습.

연구소를 지으면서 본사에 실험실을 또 만든다는 것은 자칫 낭비일지도 몰랐다.

하지만 민호는 과감했다.

거기다가 매우 적극적이었고… 또한, 빨랐다.

스윽.

최민식에게 내민 자료를 봐도 충분히 그의 속도를 알 수 있었다.

"이… 이건…."

말을 더듬는 최민식에게 민호는 계속해서 설명을 이어나갔다.

"명단입니다. 국내에서 최민식 씨에게 도움을 줄 수 있다고 판단한 연구진들을 모아봤습니다. 물론 성혜 쪽에서 손발을 맞춘 사람들이 많아서, 좀 불편할 수도 있겠지만, 그래도 최선을 다했습니다."

최민식의 눈은 계속해서 커지고 있었다.

민호가 말은 그렇게 했지만, 최선을 다한 것 이상이라고 생각했기 때문이다.

명단에는 다른 그룹에서 일하는 현직 연구원도 있었는데, 자신을 가르쳤던 교수의 이름도 존재했다.

"윤종환 교수님까지… 10년 전에 은퇴하셨는데요?"

계속 놀라는 그를 보며 민호는 웃음을 보였다.

이들을 모으면 가히 국내에서 '어벤져스' 급이라고 단언해도 될 상황.

한 번 더 강한 자신감으로 그에게 말했다.

"제가 직접 설득하려고 합니다. 아마도 윤종환 교수님은 거의 확실할 거 같고…. 다만 다른 분들이 필요한 분인지 아닌지는 잘 모르겠습니다. 그래서 명단을 드린 겁니다. 거기다가 빠진 분들이 있다면 말씀해 주십시오."

"충… 충분합니다. 그리고 윤종환 교수님이 참여하신다면, 여기 있는 많은 분이 합류할 텐데…. 진짜 다 모인다면…? 아니… 절반만이라도…."

"다 끌고 오겠습니다."

"……!"

더 말을 할 수가 없었다.

왠지 민호가 그것을 이룰 수 있을 것 같았다.

그래서 고개를 끄덕이며 그를 바라보는 눈에 신뢰를 담아 보냈다.

그런 자신에게 그는 다시 한 번 강한 어조로 말했다.

"반드시 약을 만들어주십시오. 최민식 씨의 어머님이 완쾌할 수 있도록!"

찌르르 마음이 울렸다.

민호 역시 자신도 모르게 미소 짓던 얼굴에서 진지한 표정으로 바뀌었다.

그에게 최민식 씨의 어머님이라고 말했지만, 자신의 머릿속에서는 바로 종로 큰손이 얼굴이 떠올랐다.

그 마음으로 부탁했다.

그리고 또 하나 그의 마음에 자리 잡은 것은.

승자독식!

성혜와 함께할 건 함께하고, 따로 챙길 것은 반드시 확보하려는 계획이 시작되었다.

177회. 맘모스 찜질방.

그 주 금요일.

경제연구소가 있는 13층에서 꽤 시끄러운 소리가 들렸다.

군데군데 〈공사 중 위험〉이라는 팻말도 보였다.

“이야… 이렇게 공사가 컸나?”

민호의 귀에 익숙한 목소리가 들렸다.

재권이었다.

그를 보며 민호도 어깨를 으쓱하며 말했다.

“건물 쓰러지지 않을까 걱정하고 있습니다. 하하하.”

민호가 요청한 13층의 구조변경은 일사천리로 이루어졌다.

사람은 없고 경제연구소는 회사의 핵심이라서, 놀고 있는 부분이 많았는데, 그중 층의 절반 이상이 대규모 공사에 들어갔다.

처음에 약 한 달 정도의 시간이 필요하다고 말한 공사.

민호는 그 시간을 더 앞당겨달라고 재촉 아닌 재촉을 했다.

다름 아닌 그룹의 미래, 신약개발을 위한 실험실이 더 빨리 완성이 되는 걸 보고 싶었기 때문이다.

"음…. 그래도 실험실을 이곳에다가 만드는 건 좀 오버 아냐?"

드르르륵. 드릴 소리인 것 같은데, 귀를 울리는 소리에 재권의 목소리는 조금 커져 있었다.

문제는 민호의 목소리는 전혀 크지 않다는 점.

그래서 귀를 가까이 대고 그의 목소리를 들어야만 했다.

"절대 아니죠. 여기처럼 보안이 철저한 곳은 없으니까요."

"하긴…. 그런데 저쪽에서 최민식을 연구팀에 포함시키려고 할 텐데…."

"당연히 그쪽 팀에도 가끔 들어갈 겁니다. 그리고 여기서도 실험할 거고요."

둘이 말한 '저쪽'과 '그쪽'은 물론 성혜 그룹을 의미했다.

그리고 이 정도만 말해도 민호는 재권이 자기 생각을 읽을 수 있으리라 생각했다.

"두 개의 팀을 짜는 거구나. 그럼 성혜 쪽에서 가만히 있을까? 언젠간 알게 되면, 그쪽도 따로 팀을 짤 거라고."

"그렇게 되면 경쟁하면 됩니다. 경쟁은 서로의 기술을 발전시킬 수 있으니, 더 긍정적인 효과가 일어날 겁니다."

"그래도 하나로 합치는 것보다 둘로 나뉜다고 생각할 수도 있잖아."

"하나로 합치는 것도 합니다. 둘로 나누는 것도 하고요. 둘 다 못 한다고 생각하는 건 편견일 뿐입니다. 합작 법인으로 최민식을 보낼 거고, 거기서 일이 끝나면 여기서도 실험한답니다."

"헐…. 힘들지 않을까?"

"당연히 힘들죠. 그러나 사람에게는 의지가 있고, 그 의지가 더 높은 사람이 더 큰 일을 이룰 수 있겠죠. 결과를 보시면 아마도 제 선택이 잘못되지 않았다는 것을 아시게 될 겁니다."

이건 시간이 더 흘러가야 알 수 있는 일이었다.

지금 당장은 재권이를 이해시킬 수는 있어도 결과를 증명하기는 어려웠기 때문이다.

그래도 민호는 설명을 생략하지는 않았다.

"성혜와 글로벌이 합작 법인이기는 하지만, 실제로는 매우 기형적인 초기 단계로 시작했습니다. 즉, 우리는 특허만 내주고… 저쪽은 기술과 제조를 할 수 있는 설비가 다 갖추어졌죠. 따지고 보면 저쪽에서 왕창 밑지는 장사였는데….

울며 겨자 먹기로 승낙한 이유는 바로 특허 때문이죠. 그거 하나로 제조해서 팔아먹을 수 있는 여건이 갖추어졌으니까요."

"그건 그렇지."

"문제는 특허 기간이 3년이고, 그 기간은 계속 지나간다는 겁니다. 3년 후에… 과연 합작 법인은 어떻게 될까요?"

재권은 잠시 생각해보았다.

자기가 안재현이라면?

잠시 그가 자신을 자극했다는 착각을 했지만, 그럴 리가 없다고 생각했다.

지난번에 산소에서 자신에게 암시했듯이, 당연히 3년 후에 합작법인을 혼자 먹을 계획에서 나온 말이리라.

자신의 큰 형은 원래 대놓고 계획을 추진하는 사람이었다.

계획에 따른 방법도 간단했다.

바로 글로벌을 쫓아내면 끝이다.

지분은 돈으로 사면 되고, 인적 자원은 남든지 떠나든지 할 수 있는 상황.

그래서 지금 민호의 생각에 탄성을 내지르며 이렇게 말할 수밖에 없었다.

"이건…. 아예 대놓고 3년 후에 헤어지자는 의미나 마찬가지잖아."

"그렇죠. 그리고 제가 본 안재현은 진짜 대놓고 승자

독식할 준비를 하는 사람입니다. 저 역시 그래서 보여주는 겁니다. 이빨은 언제나 드러내놔야!"

"……."

"쉽게 공격당하지 않거든요."

이제야 완전히 납득했다는 눈빛으로 고개를 끄덕이는 재권.

그를 향해 민호는 미소를 지으며 말했다.

"그런데 공사하는 거 구경 오신 건 아닐 테고…. 어쩐 일로 올라오셨습니까?"

"아, 맞다. 할 이야기가 있어서. 여긴 좀 시끄러우니까 안으로 들어가자."

그렇게 말하자 민호는 드디어 발걸음을 떼었다.

자신의 업무실로 들어가는 동안 공사하지 않는 나머지 13층의 모습이 눈에 보였다.

모두 자기 일에 집중하고 있었다.

주말 동안 13층의 절반은 벽을 허물고 새로운 구조물을 세웠다.

큰 게 끝났는데도 불구하고 여전히 공사하는 소리가 끊이지 않았는데….

"후아… 정말 13층은 인재 집합소 같구나. 대단해. 저렇게 시끄러운데도 열심히 일하는 걸 보면."

"다들 이어폰 꽂으라고 했어요. 자신이 가장 좋아하는 음악 들으면서 일하라고. 하하하."

"그렇군…. 가끔 보면 너무 파격적이라서 과연 내가 너한테 보조를 맞출 수 있을지 궁금하기도 해."

"보조를 왜 맞추세요? 그냥 형님은 형님의 길대로, 그리고 저는 마이웨이. 각자 개성 존중하면서 가면 회사는 자연스럽게 성장한다고 생각합니다."

"그래, 네 말이 맞다, 맞아. 그래서 말인데…. 또 한 명 마이웨이를 말하는 사람이 있어."

"누구… 혹시 이 차장 말씀입니까?"

잘도 맞춘다. 그리고 이렇게 잘 맞출 줄도 예상했던 재권이다.

이제 민호가 뭔가를 맞추면 당연한 것처럼 보였다.

"응. 맞아. 일단 이것부터 봐봐."

재권은 민호에게 종섭이 신혼여행 가기 전에 주었던 보고서를 넘겼다.

보고서를 받은 민호.

빠른 속도로 그것을 읽어나갔다.

옆에서 보고 있으면, 그것을 읽는 것인지 스캐너로 스캔하는 것인지 모를 정도였다.

잠시 후 그의 얼굴에 미소가 비치면서 다 읽었다는 표시가 났다.

"좋은데요. 역시 이 차장입니다."

"이걸로 승부를 보려고 하고 있어. 한방 터트리고 나서 수직 상승을 노리는 속셈이 아닐까 생각이 들어."

"이 정도면 충분하죠. 이슬람 16억 인구를 표적으로 사업한다는 거니까요. 성공만 한다면 글로벌은 또 다른 동력을 얻게 될 겁니다."

"결혼식 하기 전에 봤는데… 의욕이 장난 아니었어. 두바이에서부터 시작해서 글로벌 무역회사의 힘을 보여주겠데. 그래서 좀 전에 전화가 왔는데…."

"……."

"두바이에 법인을 만들면 좋겠다고."

그 말에 민호의 머리에 종섭이 두바이에서 열심히 뛰어다니는 모습이 그려졌다.

매우 반가웠다.

이 느낌….

종섭의 의욕은 자신의 의욕을 자극하기 시작했다.

지난번 박상민 회장이 그를 자극한 게 제대로 효과를 보는 것 같았다.

"그럼 이제 이곳에서도 경쟁이 시작되겠네요. 13층과 6층의 전쟁. 캬! 생각만 해도 전율이 일고 있습니다. 형님, 이참에 내기 한 번 하실래요? 당연히 순이익 걸고."

재권은 손을 휘휘 내저으며 그 제안을 거절했다.

"내기의 기준이 너무 불명확해."

"제가 명확하게 정리할 수 있습니다. 13층에서 손댄 거와 6층에서 손댄 거. 공동으로 손댔다면 퍼센트 나누고…."

"됐다. 난 너처럼 머리가 좋은 것도 아니고… 듣기만 해도 어지럽다. 어쨌든, 두바이 법인 괜찮은 거지?"

"이 차장 오면 구체적으로 논의해봐야겠지만, 일단 전 찬성입니다."

"그럼 회장님께 말씀드려서 추진할게. 어차피 이 차장이 내일 귀국이니까… 다음 주 월요일에 같이 만나서 이야기하자. 아 참, 그날 찜질방 가는 거 알지?"

내기에 말려들까 봐 재빨리 일어서는 재권은 지난번 말했던 찜질방을 언급했다.

그러자 민호의 얼굴에 미소와 함께 아까와 다른 의욕이 솟구쳤다.

"그렇군요. 월요일. 하하하. 그때 뵙겠습니다. 먼저 들어가 계시면 제가 나중에 들어갈게요."

"그래 그럼. 그때 보자."

재권은 고개를 갸웃거렸다.

민호가 이상한 미소를 짓고 있는 것을 보았기 때문이다.

나가면서 생각해봤다.

아까 민호가 한 이야기와 연관이 있을 거 같았다.

답은 하나였다.

찜질방에서 두바이 법인 건에 대한 논의가 이루어질 게 분명했다.

알몸을 드러내놓고 하는 진솔한 미래 계획.

생각만 해도 기대되었다.

'짜식, 기발하기는? 그래 남자한테는 벗고 이야기하는 게 최고지. 그나저나 이 차장이 올 초 수술했다는데…. 궁금하네.'

회장실로 가는 엘리베이터 버튼을 누르면서 배울 건 배워야 한다고 생각한 재권.

호탕함, 진솔함, 직선적인 성격이 쉽게 고쳐지진 않겠지만, 노력해야 한다고 다짐했다.

역시 민호는 확실히 자신보다 나이가 어려도 항상 의지할 수 있는 친구 같은 존재였다.

⚜

드디어 2주간의 긴 신혼여행을 마치고 돌아온 종섭.

월요일에 출근해서 한 가지 계획과 한가지 약속을 실행하려고 바로 재권을 찾았다.

"어서 와요."

자신을 맞이하는 인사는 좋았지만, 종섭에게는 지금 불타오르는 의욕을 꺼트리지 않는 게 더 중요했다.

그래서 재빨리 두바이에서 지금까지

"일단 이것 좀 봐주십시오."

"아…. 급하시긴. 하하하. 죄송한데, 이따가 퇴근 후에 찜질방에서 이야기 좀 나눕시다."

"네?"

"때로는 벗고 이야기하는 게 진솔해지는 거죠. 안 그렇습니까?"

"그… 그렇긴 하죠…."

종섭은 살짝 고개를 갸웃거렸다.

갑자기 재권이가 이상해 보였다.

하지만 그의 말이 옳지 않다고 말할 수도 없는 게, 그동안 찜질방은 자신이 함께 가자고 말했기 때문이다.

"그럼 이따가 퇴근 후에 찜질방에서 뵙겠습니다."

"그렇게 하십시오. 전 외근이 있어서 들렀다가 가겠습니다. 조금 늦을 수도 있습니다. 아, 찜질방 이름이 뭐라고 했죠?"

"맘모스 찜질방입니다."

"이름 멋집니다. 알겠습니다. 거기서 뵙겠습니다."

재권의 업무실을 나온 종섭은 온종일 두바이에서 추진했던 일을 다듬고 또 다듬었다.

어쨌든, 재권의 결재가 1차 과정을 거쳐야 회장인 박상민 회장에게 자신의 기획안이 들어간다.

그렇다면 살짝 망설여지는 게, 찜질방에서 자칫 자신의 위용(?)을 본 재권이 기분이 상해 혹시 결재를 일부러 해주지 않을 가능성이 염려되었다.

그러다가 다시 고개를 좌우로 저었다.

아까 '진솔함' 이라는 단어까지 썼는데, 재권이 그럴 리가 없었다.

더군다나 평소에 보면, 그가 그 정도로 쪼잔한 사람은 아니었다.

결국, 온종일 기다려서 퇴근 시간이 되어 간 찜질방.

편안하게 탕 속에서 눈을 감고 있는데, 잠시 후 익숙한 목소리가 들렸다.

"이 차장님…."

화들짝 놀란 종섭은 눈을 떴다.

시선을 돌리자, 민호가 보였다.

도대체 이 인간이 왜 여기에 있단 말인가.

한편, 민호는 자만심 가득한 표정으로 벌떡 일어섰다.

다시 시선을 돌리는 종섭을 보며 살짝 미소까지 지었다.

"본부장님은 곧 오실 겁니다."

"아… 그래?"

입술을 깨물며 말하는 종섭은 재권이 민호를 찜질방으로 초대했다는 걸 깨달았다.

까득!

이빨이 갈렸다.

그리고…

"여어… 나 왔어. 하하하."

곧 원흉이 나타났다.

눈에 불을 켜고 목소리가 흘러나온 곳을 바라본 종섭에 이어서 민호의 시선도 옮겨졌다.

그런데…

"……!"

"……!"

민호는 재빨리 욕탕으로 들어가며 종섭과 합류했다.

그의 눈에 보이는 맘모스(?)는 도저히 상대되지 않을 거 같았다.

그는 비로소 이제야 깨달았다.

왜 허유정이 재권에게 꼼짝 못 했는지.

오늘 이들 사이에 과연 진솔한 대화가 이루어질지 모르겠다.

178회. 실적 발표 1

찜질방에서 회의.

처음에 종섭은 매우 기분이 나빴는데, 이제는 그냥 그랬다.

정확히 말하면 민호가 드디어 지는 걸 보고 기분이 좋아졌다.

그렇게 시작된 브리핑.

"…따라서 두바이를 중심으로 중동으로 글로벌의 산업을 확장하려면 지사가 필요합니다."

"흐음…."

지사 이야기가 나오자 신중한 표정을 짓는 재권.

그의 시선이 민호에게 옮겨 갔다.

어떻게 생각하느냐는 질문이나 마찬가지였다.

바로 민호의 입이 열렸다.

"100% 찬성합니다. 문제는 그곳으로 갈 지사장입니다."

민호는 '지사장' 이라는 말을 강조했다.

그러면서 종섭을 보았다.

"나? 나보고 가라는 거냐?"

"그냥 본 것뿐입니다."

"그게 그 뜻이지."

"뭐… 부정하지는 않겠습니다."

그 말을 듣고 종섭은 생각했다.

두바이의 지사장 자리.

나쁘지는 않아 보였다.

더 위로 올라가려면 한 번쯤은 해외를 돌고 오는 단계를 거쳐야 한다.

이번에 신혼여행을 갔을 때, 두바이가 사는 데 그리 불편하지 않다는 걸 느꼈다.

다만 아내인 영서를 독수공방시켜야 한다는 단점은 있는데….

"좋아. 회사에서 허락만 해준다면, 가보고 싶어."

종섭의 대답이 바로 나오자 민호와 재권이 미소를 지었다.

재권은 그를 격려하기 위해서 바로 입을 열었다.

"자주 한국에 들어올 수 있도록 신경 쓸게요."

"그래 주시면 고맙죠. 사실 와이프가 임신 중이라서…

최소한 출산할 때에는 옆에 있어주고 싶습니다."

"그러세요. 그러세요. 하하하."

재권은 고개를 끄덕이며 그를 격려했다.

그런데 임신과 출산이라는 이야기가 나오자 살짝 부러운 표정이 그의 얼굴에서 만들어졌다.

그걸 민호가 캐치했다.

생각해보니 지난번 종섭의 결혼식에서도 유정이 유미의 임신한 모습을 보며 부러워하는 눈빛을 보인 게 떠올랐다.

혹시나… 하는 생각이 들었지만, 민호 역시 종섭을 향해 엄지를 일단 추켜올려주며 찜질방 회의를 마무리 지었다.

종섭은 먼저 신혼집에 가야 한다며 일어섰다.

"요즘 영서가 먹고 싶다고 하는 게 많아서요. 제가 옆에 있어야 이것저것 사올 수 있거든요."

"훌륭하십니다."

"네, 하하. 팔불출 다 됐죠? 어쩔 수 없습니다. 본부장님도 나중에 저랑 비슷하게 될 걸요?"

종섭은 그 말을 마지막으로 하고 찜질방을 나갔다.

이번에도 민호는 재권의 표정에서 부러움을 느꼈다.

결국, 참지 못하고 입을 연 민호.

"곧 형수 님도 소식 있을 겁니다. 뭘 그렇게 부러운 눈으로 보세요? 하하하."

"……."

민호의 말에 재권이 쓴웃음을 지었다.

그 표정을 진짜 뭔가 있다고 생각할 수밖에 없었다.

아니나 다를까, 재권이 입을 열었다.

"그랬으면 좋겠는데… 사실 불안하다."

"네?"

"나도 형들처럼… 아이가 안 생기는 거 아닌지…."

"……!"

한 번도 생각해보지 않았던 점이다.

재권이의 형들인, 안재현과 안재열.

그 둘에게 자식이 없었다는 것도 처음 알았으니 당연한 일이었다.

민호는 살짝 당황에서 재빨리 말했다.

"그럴 리가 없습니다. 하하. 걱정하지 마세요, 형님. 곧 2세가 생길 겁니다."

격려로 받아들였을까?

재권은 그의 말에 미소를 지으면서 고개를 끄덕였다.

그러나…

찜질방을 같이 나설 때까지 그의 입이 잠겨 있는 걸 보니 많이 신경 쓰이는 것 같았다.

그래서 이 말을 던졌는데…

"술 한잔 할래요?"

"응?"

"아니다. 자꾸 형수 님이랑 시간 빼앗을 수는 없지. 제가 형님을 너무 바쁘게 하면 안 되겠습니다. 그럼 먼저 들어갈게요."

아니다 싶었다.

생각해보니 재권이가 유정이와 보낼 시간을 자주 만들어 주는 게 나을 것 같았다.

재빨리 자신이 한 말을 취소하고 그와 바로 헤어졌다.

그리고 집에 돌아왔을 때, 민호는 유미에게 이 이야기를 풀어 놓았다.

"그랬구나. 그래서 매주 여행 다닌다고 말했구나."

"응? 매주 여행?"

"저번에 유정 씨가 말하더라고. 매주 여행 다닌다고. 속으로는 살짝 부러웠는데… 알고 보니…."

그런 사정이 있는 줄은 몰랐다.

재권은 나름대로 노력하는 중이었다.

아마도 형제들에게 자식이 없다는 것이 그에게 공포를 안겨주고 있을 가능성이 높았다.

가족력일 수도 있으니 말이다.

그러다가 갑자기 가족력이 아닐 수도 있다는 생각이 들었다.

재권의 아버지인, 안판석만 해도 자식 생산을 많이 하지 않았던가.

그렇다면?

"재권이 형이랑 안재현과 안재열은 어머니가 다른데…."

"그게 영향을 미칠 수도 있지."

"그렇게 되면 좋을 텐데 말이야."

재권인 사실 남 같지가 않았다.

그가 잘 되길 바라는 마음이 생기는 이유였다.

자기만 아는 민호.

세상의 중심은 늘 자신이라고 생각하는 그가 직장에 들어와서 유미를 제외하고 가장 맘을 주는 사람이 바로 재권이었다.

물론 곧바로 자기 중심주의로 돌아와 유미에게 말했다.

"그나저나 유미야, 너 언제까지 회사 나갈 거야?"

"응?"

"3개월가량 남았어. 이제 좀 쉬지."

예정일을 말하는 것이다.

민호의 기준에서 유미가 집에서 안정을 취할 때가 훨씬 지났다.

심지어 예정일이 더 뒤인 영서도 회사를 그만둔 상황인데…

"나 그냥… 만삭일 때까지 회사 나가고 싶은데…."

"……."

유미의 말에 표정으로는 반대했지만, 목소리를 낼 수 없었던 민호.

하고 싶은 일을 하지 못하게는 할 수 없었다.

어쩔 수 없이 비슷한 사례라도 보기 위해서 예전에 가입했던 〈젊은 아빠들의 모임〉에 들어갔다.

질문을 올렸다.

– 아내가 예정일 3개월을 앞두고 회사를 그만두지 않는다는데, 괜찮을까요?

곧바로 답변이 붙었다.

– 님, 행복한 고민 하시네요. 제 와이프는 임신하자마자 회사 그만둔다고 ㅠㅠ

– 제 마눌 역시 출산 휴가비 채우느라고 6개월 앞두고 그만뒀어요. 앞으로 막막합니다. 저 혼자 가정을 캐리해야 하는데….

– 저도 마찬가지….

이런 답변이 붙으니 정말 행복한 고민을 하는 건가?

그 뒤로 붙은 답변은 만삭 전까지 일했다는 내용이 꽤 많았다.

좀 더 객관성을 부여하기 위해서 남자들의 의견 말고 여자들의 의견을 듣고 싶었다.

그가 알고 있는 여성들이 많은 곳.

바로 〈나의 민느님〉이라는 자신의 팬 카페였다.

여자인 척하고 자유 게시판에 바로 글을 올렸다.

– 임신했는데 회사 언제까지 다니셨나요?

이곳은 여자들의 카페. 왠지 조금 더 디테일하게 써야 할 거 같았다.

서재 방에서 나가서 음식 준비를 하는 유미에게 물어봤다.

"요즘 임신 증상 어때?"

"응?"

"특별히 불편한 건 없어?"

"없는데… 왜?"

"아냐, 아냐."

손을 내저으며 다시 서재 방으로 들어온 민호.

어쩔 수 없이 인터넷 검색의 힘을 빌려서 바로 내용을 조작했다.

– 배가 자꾸 뭉치고, 속이 답답한 게 앉아 있는 것도 슬슬 힘들어지네요. 직장맘께서는 임신하시고 회사 언제까지 다니셨나요?

자신도 모르게 웃음이 번졌다.

온라인에서 자신을 숨기는 게 재미있을 수 있다는 걸 처음 느껴봤다.

어쨌든, 답변은 곧바로 붙었다.

– 전 34주까지요.

– 전 37주까지… 제 주변엔 출산 하루 전까지 다닌 맘도 꽤 되네요.

생각보다 꽤 많았다. 물론 임신하자마자 바로 그만뒀다는 엄마들도 있었지만.

그런데 이쯤에서 살짝 이상한 생각이 드는 게, 유부녀한테는 자신의 매력이 통하지 않았는데, 왜 이들은 이 카페에 가입한 걸까?

나중에 조희경에게 물어보리라.

일단 지금은 다시 카페의 이곳저곳을 둘러봤다.

맹목적으로 자신을 찬양하는 게시물이 꽤 많이 올라왔다.

심지어 자신이 다니는 글로벌 그룹의 선전을 응원하고, 구매운동까지 벌이는 게시물까지 있었다.

지난번 어쩌다가 찍은 팜유 광고도 있었는데, 팜유 하나 사기 운동이라는 게시물을 보고 그는 그만 피식 웃을 수밖에 없었다.

그때 밖에서 들리는 목소리.

"오빠, 밥 다 됐어."

"응, 나갈게…."

유미가 해준 밥은 나날이 발전했다.

기분도 좋아져서 오늘따라 참 꿀맛이었다.

다만 자신이 먹는 동안 유미는 계속해서 음식을 하고 있었다.

"뭐 또 그렇게 음식을 만들어?"

"내일 거기 가려고. 그런데 할머니가 이가 안 좋으셔서… 열심히 부드러운 걸로 만들고 있어."

"아…."

그녀가 말한 할머니란, 지난번 인도네시아에서 만난 할머니를 지칭하는 것이었다.

그때 이후 연락처를 주고받은 둘은 종종 통화하고 있었다.

그런데 그게 민호에게 큰 도움이 될 줄은 꿈에도 몰랐다.

그래서 민호 역시 그녀가 하는 일을 돕기 위해 움직일 차례였다.

그는 식사 후에 다시 방으로 들어가서 〈나의 민느님〉 카페의 매니저, 즉, 조희경에게 쪽지를 보냈다.

- 김민호입니다. 인터뷰할 장소와 시간을 알려드리겠습니다.

⚜

다음날 글로벌에서는 상반기 결산 회의가 있었다.

회의라고는 했지만, 실제로는 발표나 마찬가지였고, 이런 발표는 자축의 의미를 담고 있었다.

발표는 재무팀의 김수찬 부장이 진행했다.

민호는 그가 발표하는 내용을 이미 다 알고 있었다.

매주 한 번씩 재무팀에 들러서 성장을 확인해야 에너지를 얻게 된다.

더 큰 에너지를 얻을 때는 경쟁회사와 비교하는 것.

지금도 탭으로 파일 하나를 열었다.

〈글로벌 무역상사 VS 성혜 인터내셔널〉

민호의 얼굴에 웃음이 펼쳐졌다.

압도적이었다. 때마침 귀에는 김수찬 부장의 실적 발표가 이어지고 있었다.

"그러므로 글로벌 무역상사에서의 상반기 순이익은 3,276억 원…."

성혜 인터내셔널의 순이익은 1,290억이다.

이러니 민호의 미소가 더 짙어질 수밖에 없었다.

⚜

같은 시간 성혜 그룹에서도 공교롭게 상반기 결산 회의가 이루어지고 있었다.

"상반기에 우리 성혜 그룹이 매출액 기준으로 8위까지 치고 나갔습니다. 여전히 유통과 식품에서 강세를 보였고, 상위권에서 단기간에 그룹의 순위를 올렸다는 점으로 보아 언론은 회장님의 능력을 높이 평가하고 있습니다."

대놓고 아부인가?

그래도 귀밑거리가 희끗희끗한 실무자가 하는 말을 들으면서 안재현의 표정에는 전혀 변화가 없었다.

여러 수치와 지표가 뚜렷한 상승세를 그린다고 실무자가 자신을 보며 외치는데도 묵묵부답.

다른 임원들이 박수칠 때 역시 마찬가지다.

마치 일부러 찬물을 끼얹은 것처럼 그의 무반응에 열기가 알게 모르게 식어 버렸다.

그런데 잠시 후 실적 발표가 끝나고 나서 일어선 안재현의 눈.

묘한 카리스마로 사람들을 몰입시켰다.

그리고 나온 한 마디.

"지금의 작은 성과는 제 최종적인 꿈이 아닙니다."

"……."

"1위! 대한민국에서 1위가 되겠습니다."

"……."

"3년 안에!"

잠시 정적이 흘렀다.

그러다가 누군가의 손에서 나오는 소리.

짝, 짝, 짝, 짝, 짝…

그렇게 시작된 우레와 같은 박수 소리가 실내를 가득 메웠다.

이용근 역시 박수를 치는 무리 안에 속해있었다.

그는 이번에야말로 진짜 감탄했다.

범접할 수 없는 안재현의 아우라를 보고 있으면 마치…

'교주 같다….'

신념을 넘어 신앙을 강요하는 교단의 교주 같았다.

그렇게 대회의실에서 박수를 받으면서 퇴장하는 교주, 안재현.

이용근은 문득 그가 가는 길의 끝이 매우 궁금했다.

179회. 실적 발표 2

한편, 글로벌 그룹에서도 실적발표가 계속 진행되고 있었다.

실적 발표를 할수록 민호의 표정에서 나오는 미소가 더더욱 짙어졌다.

그러다가…

"아하암…."

입을 쩍 벌리면서 하품을 내뱉었다.

따분해졌다는 표시였고, 김민호답게 입도 막지 않았다.

좌우에 박상민 사장과 재권이 있는데도 불구하고.

민호의 기준에서 이 실적 발표라는 것… 너무 길었다.

약 세 글자로 요약하면 대단히 간단한데 말이다.

급성장!

물론 그 세 글자로 자축하기에는 부족하다고 생각했을 것이다.

그것이 재무팀의 김수찬 부장의 할 일이며, 듣는 임원진의 기쁨이었으니까.

그 기쁨을 옆에서 자신에게 속삭이는 재권만 봐도 알 수 있었다.

"엄청나게 약진하고 있어, 그지?"

끄덕끄덕.

영혼 없는 고개의 끄덕임으로 대충 그에게 맞장구를 쳐주었다.

그러자 봇물 터지듯이 계속 말을 붙였다.

"본사도 본사지만, 식품과 마트에 이어, 상반기에 인수한 건설회사도 장난이 아니야. 안 그래?"

"그렇죠."

"심지어 인도네시아의 팜 트리 가격이 갑자기 오르고 있어. 덩달아 팜유 가격도. 그때 신혼여행에서 농장을 아주 적기에 산 일… 기가 막힌다. 역시 넌 대단해."

"그땐… 그냥 우연이었어요. 계획한 건 아니었죠."

여전히 영혼 없는 대답.

이제는 슬슬 나가고 싶었다.

다 아는 내용을 두 번씩 반복해서 듣기에는 자신의 기억력은 너무 뛰어났다.

다행히 탈출구가 생겼다.

문틈으로 조심스럽게 발을 내딛는 한 사람이 민호의 눈에 보였다.

차원목 과장이었다.

경제연구소에 소속된 그는 임원이 아니기에 이곳에 들어올 수 있는 짬밥이 아니다.

그런데 들어왔다는 것은 바로 누군가에게 용무가 있다는 것이고, 가장 유력한 후보는 민호일 가능성이 매우 높았다.

아니나 다를까, 민호와 눈을 마주치며 걸어오는 그가 민호 앞에 서서 고개를 숙이며 속삭이듯이 용무를 전달했다.

"윤종환 교수님이 방문했습니다."

"그래요? 윤종환 교수님이요?

속삭이는 그에 비해 민호의 목소리는 작지 않았다.

양옆에 있던 재권과 박상민 회장의 귀에 들어가라고 주문을 외우는 것처럼.

그렇다면 윤종환 교수의 일이 회의 도중에 일어서야만 할 정도로 급한 소식인가?

포장하기에 따라서 달랐지만, 일어나고 싶은 마음이 더 큰 민호는 재빨리 박상민 회장한테 양해를 구했다.

후덕한 표정으로 언제나 민호가 하는 일에 응원과 격려를 아끼지 않는 박상민.

"윤종환 교수? 그분이 누구 신데?"

"최민식 연구원의 정신적 지주입니다. 그분을 꼭 잡아야 신약 개발과 관련한 연구원들을 더 확보할 수 있는데…."

"……."

"한국 대학교에서 퇴직한 지 10년이 넘으셔서 장담할 수 없습니다. 그래서 제가 직접 뵙고…."

"가 봐. 빨리. 기다리시게 하지 말고."

중간에 말을 끊은 박상민 회장.

민호가 직접 나서야 한다는 것을 완벽하게 인지했다.

성공 가능성이 높아진다는 이야기를 들었는데, 굳이 이 자리에 있을 필요는 없다고 생각했다.

당연히 박상민 회장은 허락할 수밖에 없는 일.

민호는 재빨리 고개를 숙이며 밖으로 나왔다.

따분한 실적 발표를 더 들을 일이 없어서였을까?

아니면 앞으로 만날 윤종환 교수와의 기대감 때문일까?

접견실로 걸어가는 걸음에는 자신감이 넘쳤다.

뒤따라가는 차원목의 눈에 의문이 생길 정도였다.

"저번에 보고서로 말씀드렸지만, 대단히 깐깐하신 분입니다. 어느 정도냐면…."

"아들이 정교수에 임용되고, 그 일에 영향을 끼칠 것을 우려해서 교수직에서 퇴임하셨죠."

"네, 맞습니다."

"그러니까 저와 잘 맞습니다. 걱정하지 마십시오."

"……."

자신감이 철철 넘치는 말투.

차원목은 고개를 갸우뚱거렸다.

늘 그렇지만, 항상 모든 일에 성공해서 이번에도 만만하게 보는 건 아닐까?

경제연구소에서 차원목이 하는 일은 바로 인재발굴과 스카우트.

당연히 윤종환 교수에 대해서 인맥을 총동원해서 조사했다.

그리고 나온 결과.

윤종환 교수는 깐깐하기 이를 데 없었을 뿐만 아니라, 인간관계 자체도 대단히 협소했다.

다만 그 협소하게 맺은 사람과는 끈끈한 유대감을 바탕으로 끝까지 인연을 이어간다고 알고 있었다.

그렇다면 별다른 인연도 없을 민호가 뚫고 가기는 쉽지 않을 텐데…

쉬익.

접견실의 자동문이 열리고 백발에 얼굴이 무뚝뚝하게 생긴 노교수가 일어서는 게 차원목의 눈에 보였다.

물론 민호의 눈에도 보였다.

그리고 그 무뚝뚝한 표정에 미소가 생기는 것 역시 똑똑히 보았다.

"오랜만입니다, 어르신. 하하하."

"잘 지냈나?"

"그럼요. 할머님도 건강하시죠? 그리고 팜 트리도 잘 자라고 있죠?"

"자네 덕에 아주 잘 자라고 있지. 허허허."

민호는 윤종환 교수의 얼굴에 계속 미소가 자라나는 것을 보고 갑자기 마음이 훈훈해지는 것을 느꼈다.

오늘 일도 잘될 것만 같은 예감이 들었다.

⚜

세상엔 정말 좋은 우연으로 맺은 인연이 있었다.

윤종환 교수는 바로 민호의 신혼여행 때 만난 사람.

당시 한국인 중계 상인에게 팜 트리 구매를 하려다가 폭리를 당할 뻔한 것을 민호가 도와준 사건으로 인연을 맺었다.

사실 이번엔 민호보다 유미의 역할이 더 결정적이었다.

유미는 그때부터 윤종환 교수의 아내와 계속 연락을 주고받고 있었기 때문이다.

그리고 얼마 전.

속이 보이는 일이었지만, 민호는 그녀에게 부탁했다.

한 번 찾아가 봐달라고.

유미는 기꺼이 응했고, 그때 할머니와 만나서 솔직히 말씀드렸다.

민호에게 윤종환 교수가 필요하다고.

당연히 그녀는 윤 교수를 설득했다.

그리고 어차피 일찍 강단에서 내려온 것에 대해 후회가 가득했던 윤 교수는 오늘 민호를 만나러 갔다.

오늘 유미는 다시 할머니를 찾아왔다.

자신이 직접 한 음식을 싸들고.

"아이고, 뭐 이렇게까지 해?"

주름살 가득한 얼굴.

할머니는 요즘 몸이 많이 불편했다.

인도네시아 여행이 어쩌면 인생에서 마지막 여행이라고 생각하는 상황.

기억력도 점점 안 좋아져서 혹시 치매가 오는 건 아닌지 걱정도 많았다.

그런 상황에서 유미에게 온 연락.

아무리 감퇴하는 기억력이라고 하지만, 당시에 팜 트리를 제 가격에 살 수 있도록 큰 도움을 주었던 민호와 유미를 어떻게 잊을 수 있겠는가.

거기다 먹고 싶은 밑반찬을 지난번에 잔뜩 물어본 유미는 오늘 그것들을 바리바리 싸들고 왔다.

"요즘 몸이 불편하시다고 들어서요. 별거 아니에요. 밑반찬 몇 개 해봤어요."

말은 별거 아니라고 했지만, 사실 많은 시간을 투자했다.

그녀가 먹은 음식 중에 최고의 맛을 넣으려고 밑반찬 하나하나에 최선을 다했다.

할머니의 치아가 좋지 않다고 들어서 호박과 고추, 그리고 깻잎을 데쳐서 무친 것들과 할머니의 가장 좋아하는 메뉴인 미나리 무침까지 해왔다.

그런데 그게 끝이 아니었다.

갑자기 부엌으로 가더니 음식을 할 준비를 했다.

"아유, 놔둬. 응? 그렇게 하면 내가 부담스러워."

"부담 드리려고 한 거예요. 호호호. 농담이고요, 돌아가신 할머니 생각이 나서요. 그때는 제가 아무것도 하지 못했었는데, 지금 할 수 있을 때, 해드리고 싶어요. 그러니까 거기서 잠시 쉬세요."

유미의 그 말에 잠시 말리는 걸 멈춘 할머니.

어떻게 하나 보려고 가만히 있는 것일까?

아니면 진짜 이 정도로 몸이 안 좋은 것일까?

그녀는 잠시 안마 의자에 몸을 깊게 뉘었다.

그러다가 그녀도 모르게 잠이 들었다.

깊은 잠은 아니었을 것이다.

자면서 타닥타닥 도마에서 칼질하는 소리가 들렸으니, 정확히 말하면 졸았던 것일 수도.

아무튼, 잠이 깼을 때는 이미 유미가 식사 준비를 다 해놓은 상태였다.

"잠시 내가 졸았네."

"식사 준비는 다 되었어요."

유미는 그녀가 깬 것을 옆에서 지켜보고 있다가 팔을 붙잡고 식탁 의자에 앉혔다.

"자, 이거 한 번만 드셔 보세요."

할머니는 그녀가 떠 주는 국을 보고 눈에 이채를 떠올렸다.

무와 배추를 넣은 된장국이다.

그것도 지난번에 말한 적이 있었다.

그걸 다 기억해서 이렇게 음식 준비를 해주다니 가슴 속에 무언가가 찡하니 꿈틀댔다.

그리고…

한 숟가락 떠봤을 때, 가히 경이적인 솜씨라고 볼 수 있는 음식 맛.

국뿐만이 아니었다. 다른 밑반찬들 모두 점수를 매겨보자면, '최상' 이라고 부를 수 있는 맛이었다.

놀라서 유미에게 물어보는 할머니.

"이거 정말 새댁이 만든 거야?"

"네."

"맛있네, 맛있어. 젊은 사람이 정말 대단해."

그냥 하는 말이 아니었다.

처음에는 유미가 자신에게 잘 보이려고 유미의 어머니나 다른 경로로 해온 줄 알았다.

그러나 국을 보고 느꼈다.

모든 밑반찬에 옛맛을 살려내면서 현대적인 맛을 집어

넣었다.

그 놀라움에 감탄처럼 할머니가 칭찬한 것이었는데, 유미는 겸손하게 답했다.

“아니에요. 종종 해올게요.”

“아니야, 번거롭게. 그럴 필요는 없어.”

유미는 웃었다.

이런 때는 말보다 행동이 먼저라고 생각했다.

다시 들러서 자신의 말을 증명하면 되는 일.

일단 내일 신상품 출시 때문에 회사에 들어가야 한다.

그래서 그녀는 할머니에게 아쉬운 작별 인사를 하고 나왔다.

⚜

민호는 시종일관 윤종환 교수와 화기애애하게 이야기를 나누었다.

물론 대체로 민호가 이야기하고 윤종환이 듣는 상황이었다.

본론을 꺼내기 위해서 기름칠을 했고, 이제는 드디어 민호의 눈빛이 강렬해지기 시작했다.

그때 윤종환 교수가 입을 열었다.

“어제 민식이랑 통화했어. 아끼던 놈이거든. 어머님 이야기는 들었어.”

"아, 네."

"아마 나를 잘 모를 텐데… 나는 확률 없는 일에는 매달리는 성격이 아니야."

확률 없는 일.

그 말은 알츠하이머를 치료할 수 있는 약이 불가능하다는 것을 우회적으로 표현한 것이나 마찬가지였다.

민호는 잠시 머릿속으로 계산하던 것을 멈추었다.

항상 그랬듯이 사람을 설득하기 위해서는 마음으로 다가가야 한다고 생각했다.

순간 윤종환 교수의 입에서,

"다만…."

이라는 말이 나왔다.

민호는 이제부터 '다만' 이라는 말을 가장 좋아하는 단어로 머릿속에 입력시키겠다고 다짐했다.

지금 윤종환이 다만이라고 말한 건 아마도 긍정적인 대답을 하기 위해서라고 생각했기 때문이다.

아니나 다를까, 윤종환은 미소를 지으며 자신의 말을 이었다.

"확률을 자네와 민식이에게 걸어보겠네. 아마도 내 남은 인생에서 마지막 도박이 될 거 같아. 허허허."

거기까지 말하며 일어서는 윤종환 교수.

민호는 비로소 환하게 웃었다.

그런데 그게 끝이 아니었다.

윤 교수를 배웅하면서 그는 한 가지 더 추가했다.

"죄송하지만, 교수님 이름 좀 팔겠습니다."

"응? 그건 무슨 소리야?"

"연구진을 스카우트하려고요. 가장 잘 먹히는 방법은 돈인데… 더불어서 교수님 이름까지 팔아먹으면 거의 백발백중일 거 같습니다."

"허… 대놓고 그런 말을 하다니… 자네 혹시 약간 싸가지 없다는 말을 듣지 않나?"

"……."

"하지만 난 그 부분이 맘에 들어. 몰래 하는 것보다는 낫지 않나? 허허허. 알아서 하게."

180회. 돈 안 드는 홍보

윤 교수를 떠나 보내고 나서 민호는 아직도 회의가 끝나지 않았다는 걸 알았다.

공식적인 땡땡이 핑계가 갔기 때문에, 어쩔 수 없이 다시 들어간 그의 귀에 한창 실적발표가 이어지고 있었다.

각계열사 별로 자화자찬하는 시간임이 분명했다.

지금은 글로벌 건설의 시간.

그런데 조명회 대표가 자신이 들어오는 것을 보며 절묘하게 사람들의 시선을 돌려버렸다.

"저기 기어들어오는군요. 바로 저 김민호 소장 덕분에 글로벌 건설 사원들은 지금 미친 듯이 일하고 있습니다. 밤잠도 못 자면서."

"하하하…."

민호는 그가 갑자기 자신을 대놓고 비난 아닌 비난을 하자 어색하게 웃었다.

그러다가 자신을 바라보는 많은 사람에게 어깨를 으쓱거리며 말했다.

"죄송하지만, 그 사원들은 좀 더 고생하셔야 할 거 같습니다."

"……."

"현재 경제연구소에서 또 하나의 사업계획이 이루어지고 있거든요. 곧 찾아뵙겠습니다, 조 대표팀."

할 말 없게 만든다.

이것을 완벽하게 실행하고 나서 자리에 앉는 민호.

그때 오늘 진행자로 나선 재무팀의 김수찬 부장이 분위기를 보며 다음 순서를 진행했다.

"다음은 글로벌 마트의 우성영 대표 지점장님이…."

그다음 순서는 우성영이었다.

그의 실적 발표는 다른 계열사와 비교해서 아직 규모가 매우 작은 곳이었기에, 이른 시간 내에 끝이 났다.

하지만 글로벌 마트의 급성장은 지금의 매출액과 이익금이 문제가 아니었다.

바로 현장에서 성공하고 축적한 노하우와 경험들.

지난달에 개점한 평택점이 구의동 본점에서 한 전략을 바로 적용했을 때, 또 하나의 신화를 쓰고 있는 것만 봐도 앞날이 창창해 보였다.

마지막으로 글로벌 푸드의 송현우 대표가 앞에 나섰다.

그를 보는 김수찬 부장의 표정이 살짝 굳었다.

지금까지 나온 계열사 중에서 유일한 적자인 곳이 바로 글로벌 푸드였기 때문이다.

헌데 송현우 대표의 표정은 밝았다.

그는 나와서 짤막하게 매출과 적자 폭을 이야기하더니, 하반기에는 대약진을 예고했다.

"적자가 컸던 이유는 상반기 새로운 상품 개발 때문이었습니다. 동시다발적으로 확장하는 게 좋지 않을 수도 있겠지만, 제가 믿는 구석이 하나 있어서… 당장 내일부터 새로운 상품들이 쏟아집니다."

적자의 비밀은 바로 이것 때문이었다.

그리고 민호는 그가 하는 말을 거의 100% 이미 인지하고 있었다.

송현우의 믿는 구석 하나가 바로 유미였기 때문이다.

송현우의 호언장담은 그게 끝이 아니었다.

"거기다가 또 하나 준비하고 있는 게 있습니다. 원래 이거 나중에 빵 터트려서 여기 계신 분들 깜짝 놀라게 하려고 했는데… 오늘 적자 이야기가 나와서 그냥 발표하겠습니다. 하반기에 글로벌 푸드는 외식 사업부에 진출합니다. 아마 그동안 제일 높은 자리에 있었던 성혜 식품의 외식 사업부는 곧 우리에게 밀려나게 될 것입니다."

송현우는 꽤 겸손한 성품으로 알려졌다.

그런 그가 저렇게 장담을 하니 사람들의 기대감이 상승했다.

그래서 민호의 옆에 앉아 있는 재권이 약간 걱정스러운 말투로 속삭였다.

"괜히 적자가 나서 저러시는 거 아니야? 겉으로는 초조해 보이시는 건 아니지만…."

"아닙니다. 송 대표님 말씀대로 내일부터 글로벌 푸드의 새로운 상품들이 계속 쏟아질 거고, 다음 달부터는 외식 사업부의 돌풍을 눈으로 확인하실 수 있으실 거예요."

민호가 하는 말에 확신이 넘쳤다.

본인이 직접 체험했으니 그럴 만도 했다.

집에서 유미가 하는 음식은 이미 민호가 먹어 본 음식에서 최고라고 손꼽을 수 있었다.

외식 사업부의 성공을 점치는 이유가 바로 그것 때문이었다.

"실제로는 더 빨리 출시되었어야 했는데, 더 완벽하게 하려고 다음 달에 나오는 겁니다."

이렇게 민호의 말이 끝나자 바로 게임 셋.

송현우의 말은 안 믿어도 민호의 말은 철석같이 신뢰한다는 눈빛으로 재권은 고개를 끄덕였다.

그러면서 바로 웃으며 이렇게 말했다.

"드디어 성혜의 주력을 우리가 꺾는 거네. 하하하."

"그렇죠. 내년쯤 아마 식품 분야 1순위에 성혜를 밀어내고 글로벌이 차지하게 될 겁니다."

과연 진짜 그렇게 될까?

일단 먼저 이번에 나올 상품이 관건이었지만, 민호의 확신에 찬 눈은 이미 게임이 끝났다고 외쳤다.

심지어 그는 그다음 계획을 이야기했다.

회의가 끝나고 박상민 회장과 각 계열사의 사장과 핵심 인원이 있는 자리에서 그는 새로운 사업 계획을 말한 것이다.

그게 바로 인터넷 쇼핑몰이었다.

"현재 글로벌 그룹에는 글로벌 마트 몰과 면세점 몰이 있습니다. 여기서 한 가지 더, 오픈마켓을 만들어보자는 거죠."

"겹치지 않을까?"

우성영이 다소 우려 섞인 얼굴로 민호의 말에 부정적인 의견을 내놓았다.

"물론 겹칩니다. 하지만 시간이 갈수록 점점 차별화됩니다. 그리고 무엇보다도…."

"……."

"지금 아니면 시기적으로 만들기가 어렵습니다. 왜냐하면, 글로벌 그룹은 점점 더 대그룹처럼 변해가고 있으니까요. 나중에 진출하려고 하면, 대그룹이 작은 시장에 눈독 들인다고 욕먹을 텐데… 지금은 딱 알맞은 크기입니다."

그 말에 모두 고개를 끄덕였다.

그들은 사실 오늘 실적발표를 듣고 나서 글로벌 그룹이 많이 컸다고 생각도 했지만, 아직 올라갈 단계가 꽤 있다는 것도 자각했다.

글로벌이 30대 그룹, 그리고 10대 그룹 안에 들기 위해서는 아직 멀었다.

또한, 이걸 차근차근 이루려고 하기보다는 더 급성장을 원하는 사람들이 많이 앉아 있었기에, 민호의 말을 들으면 왠지 모르게 야망에 같이 물 들어갔다.

일단 박상민 회장이 지금까지 민호가 세운 계획을 최종 정리했다.

"좋아, 재권이랑 같이 잘 추진해봐."

"네, 회장님."

민호가 쉬지 않는 한 급성장은 절대 멈추지 않는다.

요즘 박상민 회장의 머릿속에 박혀 있는 믿음이었다.

또한, 오픈마켓은 유통본부와 관련이 있었기 때문에 민호와 재권의 콜라보레이션을 천명한 박상민 회장.

민호는 그 신뢰를 저버리지 않고 바로 실행에 들어갔다.

사실 실행에 이미 들어간 것이라고 보아도 좋았다.

어제 조희경에게 인터뷰 떡밥을 보낸 게 그 시작.

퇴근하려고 주차장에 내려가는 동안 어젯밤 조희경과 나누었던 대화가 떠올랐다.

당시 그녀는 자신의 쪽지를 받고 바로 쪽지를 보냈었다.

– 어? 정말 김민호 소장님? 아니, 제 아이디는 어떻게 알았어요?

쪽지인데도 그녀의 흥분이 느껴졌다.

하지만 그녀의 질문을 스킵한 민호.

그는 굳이 그녀의 질문에 일일이 대답하지 않고, 자신의 용무를 먼저 표현했다.

그래서 그녀에게 자신의 전화번호를 알렸다.

자신과 인터뷰를 하고 싶으면 전화하라고.

문제는 그녀에게 아직도 연락이 오지 않는다는 점이다.

자신의 팬카페를 보면 팬심이 상당해서 바로 올 줄 알았는데…

이러다가 자신이 먼저 그녀에게 연락하는 건 아닌지 우려되었다.

그렇게 되면 자신의 의도보다는 그녀의 의도대로 끌려다닐 수도 있었다.

다행히 주차장에서 차 문을 열 때 전화벨이 울렸다.

조희경이었다.

(여보세요? 김민호 소장님?)

"네, 맞습니다. 저 김민홉니다."

(감사합니다. 정말 감사합니다.)

무엇이 감사하다는 것일까? 자신과 통화하는 일? 아니면 인터뷰?

민호가 쓴웃음을 지을 때, 딱 봐도 말 많아 보이는 그녀의 음성이 계속 귀를 강타했다.

(인터뷰 장소는 어디인지 알려주세요. 시간도요. 언제 어디라도 맞출 수 있습니다.)

"시간은 내일모레 오전. 장소는 글로벌 마트 평택점 4층 이벤트 홀. 그리고 한 가지 부탁드릴 일은…."

(…….)

"파워블로거를 아시면 많이 좀 동반해주셨으면 좋겠습니다."

이미 카페를 통해 파워블로거가 꽤 된다는 걸 파악한 민호.

따라서 그녀가 그 인원을 동원할 능력이 있다고 판단했다.

역시 그의 판단은 정확했다.

(알겠어요. 제가 아는 사람들을 좀 모아볼게요.)

그녀의 대답을 듣고 민호의 얼굴에 웃음이 번졌다.

다음날 그는 큰 그림을 그리기 위한 작은 그림, 1단계 작업을 위해 평택점을 향했다.

그곳으로 가는 목적은 민호가 목표로 세운 것 중 일석삼조 이상을 달성하기 위해서였다.

돌 하나로 세 마리의 새를 잡으려는 민호의 첫 번째와 두 번째 타겟은 각각 글로벌 푸드에서 나온 신상품홍보와 글로벌 마트 평택점 알리기.

그는 글로벌 마트에서만 출시하기로 한 이번 신상품을 빨리 알릴 방법을 연구해왔다.

빨리 알릴 수 있는 방법은 당연히 매체의 광고를 통해서다.

그런데 문제는 매체 광고를 통한 비용 효율성이 전혀 맞지 않는다는 점이었다.

글로벌 마트는 단 두 군데.

'그곳에서 팔아서 광고비 이상을 뽑느냐?' 를 물어본다면 당연히 대답은 'NO!' 였다.

매체는 이용해야겠고, 광고비는 아깝고…

그래서 민호가 생각한 방법은 바로 조희경을 이용해서 최대한 효과를 누리는 것이었다.

약속 장소를 평택점으로 한 이유도 간단했다.

서울 구의 본점이야 당연히 알아서 잘 될 것 같았다.

우성영의 운영방식이 잘 먹히고 있었고, 애초에 인지도가 꽤 높았으니까.

다만 아직 상대적으로 덜 홍보된 평택점은 새로운 제품의 출시와 더불어 적절한 홍보전략이 필요했다.

물론 개점 보름 만에 좋은 성과를 거두고 있지만, 민호의 욕심에는 아직 미치지 못했다.

아무튼, 이 두 가지 목표를 위해서 조희경 기자에게 입소문에 필요한 구성원들을 모으라고 부탁한 민호는 평택점에 도착할 때쯤 전화를 걸려왔다.

"여보세요?"

(여보세요? 김 소장님?)

흥분한 목소리가 차 안에 블루투스에까지 울려 퍼졌다.

그리고 약간 사무적인 민호의 목소리가 그 음성에 반응했다.

(어디쯤이세요? 여기는 다 모여서 지금 김 소장님을 기다리고 있어요.)

"아, 거의 다 왔어요. 그런데 김 소장님이라고 하니까 왠지 거리감이 느껴지네요. 그냥 민호 씨라고 불러주세요."

(…그… 그래도 되나요?)

"네. 아, 저 주차장에 들어왔거든요. 먼저 지점장실 들렀다 가겠습니다. 조금 있다 뵙겠습니다."

(네… 네, 미… 민호 씨!)

약간 떨리는 음성이 민호의 귀를 타고 들어왔다.

고개를 저으며 슬쩍 웃는 민호.

아무리 생각해봐도 조희경을 포함해서 카페회원들의 심리가 재미있었다.

그렇게 웃으며 지점장실로 들어가자, 케이티가 자신을 맞이해주었다.

"오늘 고객이 정말 많이 들어왔어요."

"그래요?"

"네, 한눈에 봐도 꽤 북적거리네요. 그런데 그냥 고객이 아닌 거 같아요."

"네? 아, 네… 아마 제가 부탁한 사람이 모아 온 파워 블로거라서 그렇게 보이는 걸 거예요. 그래서 전화 드릴 때,

시식 코너를 만들어달라고 말씀드린 겁니다."

민호는 그냥 고객이 아닐 거 같다는 케이티의 말을 물건을 사지 않고 방문한 사람 정도로 이해했다.

그래서 보충 설명한 것인데…

"그게 아니라 대부분 기자 같던데요? 카메라와 노트북을 들고 있어요."

"……."

요즘 파워 블로거들의 필수 아이템인가?

그럴 수도 있었다.

설마 하니 케이티의 말처럼 기자들을 다 불러온 것은 아니라고 생각하는 민호.

발걸음을 옮겨 4층 이벤트 홀로 이동했다.

그런데 진짜 케이티의 말대로 기자들이 맞는 것 같았다.

예전에 글로벌에서 기자 회견을 한 적이 있었기에, 몇 명 익숙한 얼굴도 보였다.

이들 대부분이 조희경이 끌어모았다는 것을 아는 민호.

그의 눈썹 끝이 올라갔다.

뜻밖이었다. 이렇게 많은 기자를 동원할 줄은.

더 놀라운 것은 그들의 입에서 내지르는 함성이었다.

자신을 보자마자 엄청난 함성이 그의 귀를 강타했다.

"민느님이 오셨네요."

"민느님! 민느님!"

민느님이라니?

어떻게 된 일일까?

설마 이들 역시 팬카페의 회원이란 말인가?

181회. 교주와 신도

민호는 궁금했다.

지금 자신의 앞에서 자신을 '민느님'이라고 부르는 이 사람들의 정체가 무엇인지.

다행히 그의 눈에 물어볼 사람이 다가왔다.

팬카페 회장 〈레이디스 메거진〉의 조희경 기자가 가장 앞에서 자신을 바라보고 있었다.

그녀는 자신과 눈이 마주치자 고개를 끄덕였다.

민호가 원하는 것이 무엇인지 알아챈 것이다.

그래서 여자답지 않게 큰 덩치를 움직이며, 천천히 걸어 오더니 이벤트 홀 무대에 올라왔다.

"오셨어요?"

"설마 이분들도 카페 회원이신가요?"

"네, 맞아요. 팬 카페의 회원 중에 기자들이 꽤 많아요. 도움이 많이 됐어요. 이들의 블로그를 통해서 많은 회원이 가입했으니까요."

"……."

이러다가 연예인이 되는 건 아닌지 모르겠다.

당연히 그럴 일은 없었다.

무엇보다도 민호가 연예계에 진출할 생각은 전혀 없었으니까.

그는 차라리 이들을 홍보에 이용하려고 마음먹었다.

뒤를 보니 자리가 놓여 있었다.

조희경은 오늘 이 자리에서 진행자의 역할을 하려는 듯 앞에 놓인 마이크를 잡고 아직도 '민느님'이라고 외치는 사람들을 보며 말했다.

"카페 신도 여러분! 드디어 민느님이 왕림하셨습니다."

완전히 사이비 교주화시키는 말들.

민호는 속으로 이것을 어떻게 받아들여야 할지 살짝 고민했다.

홍보에 이용한다고는 하지만, 이래도 되는지 양심의 가책이 꿈틀거렸다고나 할까?

그러나 곧바로 흔들리는 눈을 가라앉혔다.

'난 이들에게 나를 좋아하라고 강요한 적은 없다. 내 팬이 되라고, 나의 팬 카페를 만들라고 강요한 적은 절대 없다.'

재빨리 자신을 합리화시키는 민호.

그의 귀에 조희경의 초반 멘트가 끝나가는 게 들렸다.

"자, 우리의 민느님이 무엇을 원하는지 한 번 들어보죠, 여러분."

"와아아아! 민느님! 민느님!"

"민느님! 사랑해요!"

울리는 함성에 서서히 일어나는 민호.

이제 여기자들은 그가 일어나는 것에 맞춰서 숨을 죽이고 있었다.

민호는 그들의 눈빛을 보며 확신했다.

자신이 지금 무슨 말을 해도 그들에게 먹힌다는 것을.

따라서 자신이 원하는 떡밥을 슬슬 내보였다.

"안녕하십니까. 김민호입니다. 오늘 바쁘신 가운데 여기에 방문하신 기자님께 매우 감사드립니다."

"안 바빠요!"

"매일 보고 싶어요!"

민호의 말이 끝나기 무섭게 여기자들의 함성이 쏟아져 나왔다.

너무 이렇게 자신을 떠받들면 살짝 겸손할 줄도 알아야 하는데, 민호는 그런 거 없다.

"그렇다면 바로 질문을 받겠습니다. 아, 개인 신상에 대한 질문은 웬만하면 자제해 주시고, 오늘은 이곳 평택점과 신상품에 대한 질문으로 해주시기를 바랍니다."

아예 자신이 원하는 질문의 방향으로 좁히고 있었다.

신상품과 글로벌 마트 평택점.

이 두 가지를 현재 온 여기자들이 기사를 내준다면?

이 두 가지를 파워 블로거들이 게시물로 올려준다면?

물론 조중동 경제면에 속한 기자들은 와 있지 않았지만, 이들 모두가 속한 언론이 다루기 시작한다면 그 파급력은 절대 작지 않을 것이다.

거기다가 파워 블로거들.

실제 민호에게 질문하고 작성하는 내용을 파워 블로거들이 실시간으로 먼저 블로그에 올렸다.

이들 각각이 네이보에서 활동하는 강력한 파워 블로거들이었기 때문에 게시물 하나 올리자마자 방문자 수가 갑자기 올라갔다.

찰칵, 찰칵.

여기저기 카메라 셔터 눌리는 소리와 함께 플래시도 터졌다.

민호의 모습을 담아내는 이들은 오늘과 같은 기회가 또 없을지 모른다는 생각에 많은 사진을 찍으려고 애쓰는 모습이었다.

특히 찰칵거리는 소리가 절정에 다다르며 카메라의 플래시가 마구 터져 나온 시기는…

바로 민호가 드디어 상품 하나를 들었을 때였다.

그의 자신감에 찬 목소리가 이벤트 홀을 가득 메웠다.

"이것이 바로 저희 글로벌 푸드에서 내놓은 신상품 〈꿀 버터 스낵〉입니다. 오늘 여러분들을 위해서 시식할 수 있도록 준비해왔습니다."

여기까지 말하고 그는 한쪽에 서 있던 케이티에게 신호를 보냈다.

케이티는 신호를 받자마자 직원들에게 즉시 지시를 내렸다.

그러고 나서 〈꿀 버터 스낵〉이 이들에 의해 기자들과 파워 블로거들에게 전달되었다.

"드셔보십시오. 지금 바로."

교주의 명령을 어기지 않는 착한 신도들.

그들은 바로 그 과자를 입에다가 넣었다.

일순간 바삭거리는 소리가 이벤트 홀에 퍼져나갔다.

"어? 이거 맛있어."

"그러게. 진짜 맛있어."

그들의 표정이 진지해졌다.

그만큼 맛있다는 뜻이었다.

아마 민호가 이렇게 쇼 비즈니스를 하지 않아도 절대 잊지 못할 맛은 사람들에게 퍼져나갔을 것이다.

〈꿀 버터 스낵〉은 글로벌 푸드에서 나온 회심의 역작이자, 이것을 만들기 위해서 유미가 많은 신경을 썼다.

다만 민호는 그 기간을 엄청나게 빨리 단축하기를 원했다.

지금 그 방법이 실효를 거두고 있었다.

기자들과 파워 블로거는 〈꿀 버터 스낵〉을 카메라에 담았다.

그중 파워 블로거는 고스란히 그 스낵의 사진을 블로그로 올렸다.

매우 좋은 평과 함께.

그리고 게시물을 올리자마자 많은 댓글이 양산되기 시작했다.

– 뭐지? 꿀과 버터의 조합? 땡기는데?

– 어디에 있다고? 글로벌 마트? 오늘 가봐야겠다.

글로벌에서는 민호의 오른손에 들린 〈꿀 버터 스낵〉뿐 아니라, 동시에 〈킹 짜장〉이라는 짜장 봉지 라면도 출시했다.

그래서 이번에는 왼손에 그 짜장 라면을 들었다.

다시 한 번 카메라 소리가 이벤트 홀을 가득 메웠다.

민호는 그들을 보며 눈을 크게 떴다.

그리고 목소리에 더 힘을 주며 이렇게 말했다.

"오늘 평택점을 나서면서 여러분들 손에는 이 과자와 짜장 라면이 꼭 들려있어야 합니다."

"네~"

옆에서 이들의 관계를 정의하면 바로 교주와 신도!

그것도 사이비 교주와 신도 사이라고 볼만한 장면들이 연출되었다.

과자와 짜장 라면에 이어서 글로벌 마트 평택점에 대한 홍보도 간단했다.

인터뷰가 끝나고 구석구석 마트를 찍는 기자들의 카메라.

이 또한 블로그에 곧바로 올려지며 네티즌들의 관심을 불러일으켰다.

– 평택점이라. 난 오산인데… 한 번 가봐야겠다.

– 전 안성. 한 번 들러야겠네요.

인터넷 신문의 여기자들은 가지고 온 노트북으로 실시간 기사를 작성하기 시작했다.

타다다다닥. 타다다다닥.

빠르게 타자 치는 소리.

인터넷 신문은 속도가 생명이다.

정확도는 큰 문제가 없는 한 나중에 교정하면 되고, 지금으로서는 큰 문제가 절대 발생할 일이 없었다.

〈레이디스 메거진〉의 조희경은 이들과는 달리 여유가 있었다.

한 달에 한 번 나오는 여성 잡지라서 글을 잘 다듬고 신상품과 글로벌 마트 평택점을 잘 포장하는 데 신경 쓰는 게 더 중요했다.

무엇보다도 민호와의 독점 인터뷰.

평택 지점장실로 단독으로 들어와 민호와 같이 있는 기분은 하늘을 둥둥 날아가는 기분이었다.

"질문하세요."

"네? 아, 네."

시크한 목소리가 귀를 강타하자 갑자기 머릿속이 흰 백지로 변했다.

그래도 어떻게 얻은 인터뷰 기회인가.

흥분을 가라앉히고 마음을 가다듬어서 질문하기 시작했다.

"입사한 지 2년도 안 돼서 글로벌 그룹의 임원이 되셨는데요? 예상하셨나요?"

"네."

"……."

잠시 말문이 막히는 민호의 대답이었다.

그렇지만 이조차도 그녀에게는 당당한 자신감으로 보였다.

반면, 민호는 솔직하게 답변하는 중이었다.

"앞으로의 목표가 뭔가요?"

"셋째요."

"네?"

"셋째 아이요."

"아…."

"힘닿는 데까지 노력해 봐야죠."

"……."

질문의 의도는 그게 아니었는데, 민호의 입에서 나오는 소리는 약간 엉뚱했다.

거기다 아직 첫째 아이도 출산하지 않았다고 들었는데,

벌써 둘째를 넘어 셋째까지 생각하다니.

그런데 무슨 상상을 하는지 조희경의 얼굴에 붉은빛이 감돌았다.

다시 마음을 가라앉히고 질문하는 조희경.

민호는 그 나름대로 성실하고 솔직하게 대답했고, 어느덧 시간이 30분이나 흘렀다.

"저 이제 일해야 하는데, 아직도 질문이 많으신가요?"

"아… 아뇨."

"그럼 이만."

인터뷰에 훌륭히 임했다는 자체평가를 하며 민호는 자리에서 일어났다.

그러고 나서 조희경을 내보냈다.

그때 그의 전화벨이 울렸다.

우성영이었다.

(김소장. 여기 난리 났어.)

"네?"

(사람들이 몰려들면서 꿀버터 과자랑 킹짜장이 바로 동났어. 물 들어올 때, 노 저어야 한다고… 물량 확보 좀 많이 해놓는 게 좋을 거 같아서 미리 전화한 거야.)

"그렇군요. 일단 알겠습니다."

생각보다 반응이 더 즉시 오는 곳이 역시 서울이다.

인구밀집과 교통상황이 상대적으로 덜한 평택은 아마 좀 늦을 것이라 여겼는데…

쾅! 문이 열리면서 케이티가 들어왔다.

“민호 씨. 혹시 물량 더 확보 안 돼요?”

“헐… 벌써 떨어졌습니까?”

“아까 기자들이 와서 싹 긁어가서 채워놨는데, 어떻게 알고 온 건지 사람들이 다 사갔어요. 덕분에 그 물건 찾으러 온 사람들이 왜 없냐고 아우성이에요.”

“그렇군요.”

서울만 잘 팔리는 게 아니었다.

지역이랑 상관없이 갑자기 뜨고 있었다.

민호의 눈빛이 빛나며 케이티에게 재빨리 말했다.

“물량은 물론 있습니다. 하지만 바로 풀지는 않을 거예요.”

“네? 그게 무슨….”

“매일 일정한 양만 공급하겠습니다. 아마 그렇게 해도 평택점의 매출은 매일매일 엄청나게 급상승할 겁니다.”

똑같은 양만 공급하는데, 매출은 엄청나게 급상승한다?

처음에는 이해하지 못했지만, 잠시 생각하다가 케이티의 입가에 웃음꽃이 피어났다.

“이제 알겠네요. 물건을 찾으러 온 고객들은 그것만 사러 가지는 않겠죠.”

“맞습니다. 빈손으로 그냥 나가는 손님은 거의 없을 테니, 곧 평택점이 이 지역에서 가장 매출액이 높은 곳으로 탄생하게 되겠죠.”

작은 웃음꽃은 이제 입가에서 얼굴로 번지는 큰 기쁨으로 변했다.

그러다가 갑자기 생각났다는 듯이 민호에게 말했다.

"아… 그때 말씀드렸던 킹 그룹의 회장이 다음 달에 한국을 방문해요."

"그래요?"

"네, 그때 꼭 민호 씨와 약속 잡을게요."

"고맙습니다."

"아니에요. 오히려 제가 고맙죠. 아마 오늘은… 개점한 후 가장 큰 매출을 올리는 날이 될 거예요."

사랑을 놓친 여자에게는 사회적 성공은 꽤 중요했다.

자신의 능력을 보이는 것이 지금 그녀가 누리는 가장 큰 즐거움 중에 하나.

그것을 도와준 민호에게 감사를 표시하는 건 당연한 일이었다.

그렇게 일정을 마치고 올라오는 길에.

민호는 차 안에서 블루투스로 자신의 장인어른에게 전화했다.

신호음이 몇 번 울리고 정필호가 전화를 받았다.

"공장 풀로 돌리셔야 할 거 같은데요."

(잉? 벌써?)

"네, 난리 났습니다. 대박 터졌어요."

(일단 알았어.)

그의 장인어른 정필호는 올해 공장을 계속 확장하는 중이었다.

라면에 MSG가 상반기에 터졌다.

이미 인도네시아 물량으로도 공장 완전가동이었기에, 어쩔 수 없이 선택한 증설, 또 증설!

그 와중에 신상품이 두 개나 더 나온단다.

근처에 있는 공장을 인수했다.

사위인 민호를 믿고 있지만, 혹시나 이번에 무리해서 인수한 건 아닌지 걱정했었는데…

"공장을 더 인수하셔야 할 거 같습니다."

(헉… 이거 웃어야 할지, 울어야 할지 모르겠어. 기분이 좋으면서도 불안해.)

"저만 믿으시라니까요."

민호는 자신 있었다.

원래도 자신 있었는데, 이번 인터뷰를 통해서 더 확신했다.

이번 상품은 없어서 못 팔 거다.

그것도 꽤 장기적으로 흥행할 거라는 예감이 들었다.

이것은 곧 새로운 사업확장의 기회이기도 했다.

정필호와 전화를 끊고 나서 그의 머리가 다시 회전하기 시작했다.

: 그의 직장 성공기

182회. 1위 탈환?

한편, 민호와 통화 후에 전화를 끊은 정필호는 〈꿀 버터 스낵〉을 제조하는 제3공장으로 나갔다.

걷는 발걸음에는 힘이 실려 있었다.

민호의 주문에 따라서 인수한 공장과 뽑은 종업원들에게 큰 선물을 줄 수 있게 되었다.

그게 바로 '야근' 이다.

물론 야근은 고통의 시간이기도 하지만, 지금 전달하는 사람들에게는 다른 의미였다.

작년에 하청이 점점 없어지면서 내보낸 종업원들을 이번에 확장하면서 다시 뽑은 것이다.

그들은 들어오면서 말했다.

– 일 실컷 하고 싶습니다. 일하다 죽을 정도로.

– 애 분윳값이 떨어져 속으로 울었습니다.

그 말을 하며 다시 들어온 종업원들은 요즘 바빴다.

회사가 확장되면 될수록 자신들의 자유시간이 줄어들었으니까.

그야말로 행복한 비명이었다.

그리고…

"얘들아, 미안하지만, 오늘 야근이다!"

"네? 그런 법이…."

"우리 애 얼굴이 기억이 안 나요…."

"사장님, 제발요."

종업원들은 정필호의 예상대로 역시 비명을 지르고 있었다.

물론 입에서는 비명이 나왔지만, 표정은 약간 달랐다.

결국은 받아들여야 할 일이었다.

작년에 위기를 겪었던 이들은 그 누구보다도 직장의 소중함을 느끼고 있었다.

따라서 바짝 조여서 벌 수 있을 때, 주머니를 두둑하게 만드는 게 제일 나은 방법.

애 얼굴이 기억이 안 난다는 한 직원의 머리에는 당장 아이의 행복한 표정이 떠올랐다.

땀 한 방울로 바꿀 수 있는 아이의 미래였다.

그것을 알고 있던 정필호.

"싫으면 일찍 들어가든지."

"아… 또 저러신다. 이제 시작하시겠네."

늘 비슷한 레퍼토리였나 보다.

심지어 종업원들은 정필호의 다음 말도 예측했다.

"나 냉정한 사람인 거 알지? 사람 더 뽑아서…."

"일 잘하는 사람만 남기고 또 자르겠다는 거죠?"

"응. 잘 아네."

"알았습니다, 알았어요. 오죽하시겠습니까? 그 냉정함에 얼어 죽겠네요."

때는 7월이 다 가는 시점.

당연히 무더위에 더워죽을지도 모르는 상황이었다.

하지만 그의 냉정함에 부르르 떠는 척해줘야 더 협박하지 않고 나간다.

아니나 다를까, 정필호는 그들의 모습을 보며 뒤돌아섰다.

얼굴에는 미소가 가득했다.

어떻게 그들을 자르겠는가.

지난해 그들을 정리할 때 속으로 흘린 눈물이 한 사발이었는데.

'에효… 이번에 휴가나 보내줄 수 있을까?'

쉽지는 않을 것 같았다.

그나마 알음알음 종업원들을 더 뽑을 수 있다면, 교대로 휴가라도 줄 수 있으련만.

그는 뭔가 생각이 난 듯 공장을 나와 자신의 사무실로 들어왔다.

솔직히 기술이 있는 것도 아니고, 공장은 지금까지 잘 해왔던 종업원들에게 맡기는 게 나았다.

그나마 고생을 같이 하고 있다는 마음으로 퇴근하지 않는 것.

그리고 그들의 어깨를 좀 더 가볍게 해줄 수 있는 교대근무자를 고용하는 것.

그게 지금 정필호가 그들에게 해줄 수 있는 것들이었다.

물론 그들에게 지급할 보수와 두둑한 수당도 있다.

돈을 받고 기뻐할 그들의 얼굴이 머릿속에 그려지자 정필호의 얼굴에 미소가 번졌다.

그는 사무실에 들어와서 자신의 책상 앞에 앉아 컴퓨터로 구인구직 사이트에 접속했다.

자신이 며칠 전에 올려놓은 것을 보았다.

〈미철 제과〉

담당 업무 : 품질경영, 수입 검사, 측정, 성적서관리

– 근무조건 –

급여 면접 후 결정

근무형태 정규직(수습기간) – 3개월

근무 요일 주 · 야간 교대근무 5일(월~금) 08:30~18:00

지원자격 경력 및 신입

학력 고등학교졸업 (졸업예정자 가능)

제일 중요한 근무조건의 급여 부분을 다시 수정했다.

최고 대우를 해주려고 생각했다.

사위를 믿고 지르는 것이었다.

사실 지금의 성공은 다 잘난 사위를 둔 덕이었다.

당연히 민호에게 고맙다.

그 고마움 덕분에 한 달 전부터 그는 사위를 위해서 할 수 있는 일이 없을까 골몰한 끝에 드디어 찾아냈다.

그리고 매일 밤.

그는 사위를 위해서 인터넷의 바다에서 자신을 헌신했다.

지금도 그는 구인구직 사이트에 잠깐 수정한 후 네이보 카페에 들어갔다.

타닥 타닥. 딸깍, 딸깍.

자판을 두드리는 소리와 마우스 클릭하는 소리가 좁은 공간을 메웠다.

사위의 신격화를 위해서 이 카페에서 열심히 한 손을 거드는 정필호.

카페 이름은 〈나의 민느님〉 이다.

한 달 전에 우연히 발견한 카페였고, 남자는 가입할 수 없다는 사실에 와이프의 신상을 이용해서 가입했다.

이곳에서의 활동 닉네임은 〈민호 장모〉.

이런 아이디를 해도 사람들은 절대 눈치챌 수 없었다.

민호 와이프, 민호 아내, 민호 여친 등등.

엄청난 이름들이 활약하고 있었으니까.

오늘도 그들은 글로벌 마트 평택점을 방문했다.

거기서 수많은 민호의 사진을 찍고 올렸는데, 이런 경우 정필호는 댓글로 민호를 찬양했다.

지금도 민호를 찬양하는 댓글을 남기는 중에…

"이건 뭐야?"

그의 눈에 색다른 별명 하나가 눈에 띄었다.

이 카페 여자들은 김민호에게 너무 맹목적인 거 같다.

-진짜 아내 유미-

갑자기 살짝 불쾌감이 들었다.

아무리 사위를 찬양하는 카페라도 딸의 이름을 도용하는 것은 기분이 나쁠 수밖에 없었고, 내용 또한 별로 맘에 들지 않았다.

그의 눈에 쌍심지가 켜졌다.

늘그막에 키보드 워리어의 본능이 그의 몸을 휩싸기 시작했다.

- 님 누구시죠? 이 카페는 기본적으로 민느님을 찬양해야만 가입할 수 있는 카페입니다.

라고 바로 답 댓글을 달았다.

그뿐만 아니라 그의 답 댓글 옆에 있는 신고 버튼을 클릭했다.

아마 자신에게 아무 반박도 못 할 것이다.

약간 후련해지는 기분이 들었다.

그나저나 이 카페도 점점 사람이 많아지면서 첩자에 노출되는 건 아닌지 우려가 되었다.

어쩌면 민호 회사에서 민호의 라이벌이 침투시킨 '자객'이 아닐까?

유미까지 알고 있는 걸 보니 그럴 확률이 높았다.

그러고 보니 지난번에 얼핏 들은 적이 있었다.

민호를 못마땅하게 여긴다는 사람의 이름…

"이종섭이라고 했었나?"

정필호의 눈에 응징의 빛이 반짝였다.

⚜

일주일이 시간이 훌쩍 지나갔다.

13층의 공사는 다 마무리가 되어갔고, 민호는 드디어 신약 연구를 위한 '어벤져스'를 다 구성했다.

윤종환 교수의 영입이 결정적이었다.

그의 제자, 제자의 제자, 그리고 추종자들.

사람들을 모으는 과정이 이렇게 쉬울 줄이야!

옆에서 보는 차원목 과장은 혀를 내둘렀다.

아무리 인맥이 넓다고 한들 결정적인 사람 하나와의 인연이 더 중요하다는 것을 깨달았다는 표정을 지을 수밖에 없었다.

그때 그의 눈에 또 어디론가 나가는 민호의 모습이 눈에 띄었다.

"잠깐 글로벌 마트에 갔다 올게요."

"네, 알겠습니다."

이제 연구진이 다 구성되었다고 생각한 민호가 다음 주력으로 삼는 것은 글로벌 푸드의 신상품을 이용한 사업확장이다.

지난 일주일 동안 〈꿀 버터 스낵〉과 〈킹 짜장〉은 대박을 쳤다.

이것을 직접 몸소 확인하기 위해서 민호는 글로벌 마트 구의점을 향했다.

마트를 가는 다른 목적도 하나가 더 있었다.

분명히 이번에도 우성영이 꼼수를 부릴 것 같았다.

지난번에 팜유의 기습적인 가격 인상과 다른 상품과 묶음 판매 등등.

돈 되고 매출 올리는 일이라면 약간 수단과 방법을 가리지 않는 우성영이기에, 만약 이번에 또 그런 짓을 한다면 따끔하게 이야기하려고 했다.

당장 지금의 매출보다는 이미지가 중요했다.

〈꿀 버터 스낵〉과 〈킹 짜장〉이 다른 상품과 묶여 판매된다면, 이미지가 그 상품들과 동급이 된다.

그것을 미연에 방지하고자 우성영에게 주의하라고 경고했는데, 지킬지는 미지수.

나가보니 그래도 자신의 말대로 묶음 판매 같은 일은 하지 않았다.

그는 만족한 채 지점장실로 올라가려고 무빙워크를 탔다.

그런데 바로 옆 고객 상담 코너에서 많은 사람의 목소리가 들려왔다.

"네? 떨어졌다고요? 아니… 무슨 물량도 확보를 안 하고 팔아요?"

"죄송합니다, 고객님. 제조사에서 매일 일정한 양을 납품한다고 했으니까, 내일 와주시기 바랍니다."

"아, 뭐야… 짱 난다. 다른 데 가자."

"다른 데서 안 팔아. 글로벌에서 나온 거라서 그런지 글로벌 마트에서만 파는 거 같아."

"죄송합니다, 고객님! 정말 죄송합니다!"

막상 손님들을 응대하는 글로벌 마트의 직원들은 고개를 숙이느라고 힘겨워하는데, 그것을 보는 민호의 얼굴에 웃음이 가득 찼다.

3층에 도착해보니 2층의 매대가 한눈에 파악되었다.

잠시 지점장실에 가는 것을 멈추고 스낵 코너와 라면 코너를 가득 메운 사람들을 보며 그는 의미심장한 미소를 지었다.

그때 그의 눈에 익숙한 여자가 눈에 보였다.

이제는 배가 나름대로 많이 불러온 사람.

자신이 이 세상에서 가장 아끼고 사랑하는 여인.

바로 유미였다.

그는 바로 스마트폰을 열었다.

(응, 오빠.)

"어디야?"

(나? 그냥 여기 마트에 한 번 왔어.)

"마트? 아아, 과자 얼마나 팔리는지 보려고? 그래서 2층에 죽치고 있는 거지?"

(…….)

민호가 웃으면서 수화기에 대고 그 말을 하자마자 유미는 주위를 둘러보았다.

어디서 자신을 지켜볼 남편을 찾기 위해서.

그것을 보며 민호가 그녀에게 말했다.

"하하. 위쪽이야, 유미야."

드디어 자신을 바라보는 유미.

그녀의 얼굴에도 미소가 자리 잡았다.

"거기 잠깐 있어. 내가 내려갈게."

잘못하면 그녀를 올라오게 할지도 모른다는 생각에 재빨리 그 말을 하면서 무빙워크에 몸을 실은 민호.

점점 그의 눈에 가까워지는 유미를 발견하며 그의 미소가 진해졌다.

"반응 궁금해서 나왔구나. 내가 말했잖아. 엄청나게 잘 팔리고 있다고…."

"그래도 눈으로 확인하고 싶었어. 직접 안 보면 실감이 안 나잖아. 그런데 벌써 동났다면서?"

"아까 여기서 과자랑 짜장 라면 찾는 사람들을 봤어야 했는데… 완전히 마약에 중독된 환자처럼 내놓으라고 아우성이었어. 하하하."

글로벌 식품의 이 두 상품.

유미가 심혈을 기울였기에, 당연히 그녀가 가장 기뻐해야 할 일이었다.

그런데 마치 자기 일인 양 민호는 너털웃음을 터트렸다.

사실 주연은 유미였고 감독은 민호였기에 같이 기뻐해야 하는 것은 당연한 일이었다.

이제 유미는 다음 일을 걱정했다.

"물량이 모자라는데… 그럼 이제 공장 확보해야 하는 거 아냐?"

"응. 이미 장인어른께 부탁해놔서 몇 군데 계약했어. 시간이 조금 필요하긴 하지만, 이럴 줄 알고 금형은 미리 맞춰놨거든. 금세 물량을 따라잡을 거야."

미리 대비해 놓는다는 것은 과감함이 필요했다.

그런 의미에서 특히 금형까지 맞춰 놓은 민호는 이번 상품이 대박을 칠 거라는 걸 미리 예감했던 게 틀림없었다.

그것을 본 유미의 눈에 놀라움이 은은하게 비쳤다.

집에서 걱정하지 말라고, 정말 잘 될 거라고 이야기했던 자신의 남편.

뒤에서는 많은 걸 준비해 놓고 있었다.

지난번에 평택점에서 시작된 파워 블로거들의 이야기를 듣고 얼마나 놀랐던가.

직접 인터넷을 검색하면서 또 놀란 건 바로 민호의 팬카페를 발견한 것이다.

그런데 사실 가장 깜짝 놀란 것은 자신이 가입되어 있다는 것이었다.

쭉 둘러보니 그 카페에서는 민호가 신앙이었다.

자랑스럽기도 했고 웃기기도 했다.

지금도 그 생각만 하면 얼굴에 저절로 미소가 스며 나왔다.

"그렇게 좋아?"

민호는 지금 자신이 무슨 생각을 하는지도 모르고, 신상품이 잘 팔려서 웃는다고 생각하는 것 같았다.

"응. 좋아."

여러 중의적인 표현이 섞인 답을 해주고 유미는 그에게 말을 이었다.

"나, 잠시 시장에 가야 해."

"아, 그 일도 있어서 왔구나. 그래, 어서 가봐. 난 지점장실 잠깐 들렀다가 본사로 다시 들어가 봐야 해."

민호가 말한 '그 일'.

이번에 글로벌 푸드는 외식 사업을 위해서 전통 시장에 공사를 시작했다.

그 때문에 유미가 전통시장을 자주 들른다는 것을 잘 알고 있었다.

그렇게 그녀를 보내고 민호는 지점장실로 들어갔다.

헌데 아무도 없었다.

대신 책상 위에 저번에 봤던 수첩 하나가 놓여 있었다.

민호의 눈이 빛났다.

그 수첩의 정체가 무엇인지 잘 알고 있었기 때문이다.

호기심은 그의 손을 움직이고…

민호는 그 수첩을 펴서 자신의 순위를 확인했다.

183회. 예정된 충돌

우성영이 기록한 싸가지 순위.

그 어떤 종목과 분야에서라도 지는 건 싫었다.

그래서 최근 페이지를 찾는 민호의 눈은 기대를 잔뜩 품었다.

드디어 발견한 순위.

7월 마지막 주 싸가지 순위.

1위 김민호 : 최근에 너무 쫀다. 묶음 판매하지 말라고 강요하고, 내 맘대로 마트 운영하는 것을 상당히 방해한다. 예전에 쪼잔함이 다시 살아나는 왕 싸가지다.

2위 송근태 : 일주일에 한 번씩 와서 진상 부린다. 어제는 〈꿀 버터 스낵〉에 꿀이 안 들었다고 말하며 난리를 쳤다. 환불해 준다니까 싫다면서… 뻔하다. 맛있으니까 환불은 안 하려고 하는 것이다.

3위 이종섭 : 결혼한 이후 안 보인다. 얘는 그냥 안 보이는 게 속 편하다.

4위 이정근 : 인도네시아 가서 올 생각을 안 한다. 인도네시아에서 뻥 터트려서 눈코 뜰 새가 없다는 말을 강태학에게 들었다. 다행이다. 어린 싸가지는 보기 싫다.

5위 안재현 : 솔직히 예전에 '닥쳐' 라고 했던 기억 말고 나한테 큰 잘못은 한 적은 없다. 얘도 그냥 안 보이면 순위는 계속 내려갈 듯하다.

여기까지 읽고 조용히 수첩을 내려놓은 민호.

그의 얼굴에 만족한 미소가 떠올랐다.

그때 문이 열리고 우성영이 들어왔다.

민호는 다시 표정을 굳히고 물었다.

"어디 갔다 오셨죠?"

고삐를 늦추지 말아야 했다.

순위 하락은 스스로도 용납할 수 없었으니까.

그렇게 지점장실을 절대 비우면 안 될 것처럼 하는 추궁에 우성영이 약간 흠칫하며 말했다.

"이… 사람아. 나도 담배 좀 피우자고. 원… 너무 깐깐하잖아."

"……"

민호는 대답하지 않았다.

이럴 때는 아무 말 하지 않는 게 더 효과가 있다는 걸 알았기에.

하지만 지점장실을 나오면서 떠오르는 웃음은 참기 힘들었다.

살며시 미소를 지은 채, 그는 글로벌 마트를 떠났다.

⚜

8월이 되었다.

장마가 지나가고 찌는듯한 태양이 대한민국을 덮쳤다.

그 어느 때보다 찜통더위에 당연히 사람들은 길거리보다는 에어컨이 솔솔 나오는 실내를 선호했다.

옷차림도 간소해졌는데, 특히 남자들의 눈을 즐겁게 하는 여성들의 치마 길이가 짧아졌다.

오랜만에 강성희도 자신이 여자라는 걸 자각하고 짧은 치마를 입고 출근했다.

하이힐도 신었다.

최근 머리를 길렀고, 피어싱도 빼서 상당히 직장인에 가까운(?) 외관을 갖춘 그녀.

이렇게 차려입으니 나쁘지 않았다.

아니 남자들의 시선이 모이는 것 보니 예쁘다고 볼 수 있었다.

그 시선을 뒤로하고 또각또각 걸으며 글로벌 1층 로비로 들어간 그녀.

엘리베이터 버튼을 누르자, 문이 열리며 그녀의 눈에 민호가 들어왔다.

"헐… 오라버니!"

"아… 네, 강 대리."

민호의 얼굴에 난감한 표정이 새겨졌다.

그럴 수밖에 없었다.

여전히 그녀는 자신을 오라버니라고 불렀다.

엘리베이터에 사람이 있든 없든 간에, 다른 사람의 시선을 의식하지 않는 모습.

물론 민호도 크게 다른 사람을 신경 쓰지 않기는 하지만, 그래도 그녀와 같은 공간에 있을 때, 이렇게 많은 사람 앞에서 오라버니라고 불리는 것은 꽤 민망한 상황이었다.

13층까지 그녀와 같이 가는 게 싫었을까?

그는 6층에서 내렸다.

"어? 어디 가세요?"

"아, 저 본부장님이랑 할 이야기가 있어서요. 먼저 들어가세요."

"네, 빨리 오세요. 드릴 말씀이 있으니까요. 저번에 JJ 사모펀…"

턱.

그녀의 말은 끝까지 이어질 수 없었다.

이미 닫혀버린 엘리베이터 안에서 혼자 떠들었을지도

모르는 일이었다.

민호는 쓴웃음을 짓고 유통본부로 들어갔다.

들어가자마자 그의 눈에 종섭이 재권의 업무실에서 나오는 게 보였다.

오늘 떠난다고 들었다.

두바이 지사의 지사장으로.

자신을 이기기 위한 험로를 선택한 그의 용기에 속으로 박수를 보냈다.

그래서 눈이 마주칠 때,

'몸조리 잘하십시오.'

라는 눈빛 신호를 보냈다.

종섭은 도전자의 눈빛으로 고개를 끄덕였다.

'다시 돌아올 땐, 너보다 더 성장해 있을 거다.'

라고 말하는 것 같았다.

그렇게 잠시 안녕을 고하고, 민호는 재권에게 방문한 용건을 말하기 시작했다.

"이제 신상품의 공급 물량을 따라잡았습니다."

"응. 나도 어젯밤에 우 지점장이랑 통화했어."

〈꿀 버터 스낵〉과 〈킹 짜장〉 이야기였다.

처음보다 지금 더 많이 팔리는 두 상품.

그런데 물량이 부족하지 않다면, 답은 단 한 가지였다.

공장에서 충분히 그 이상으로 생산되고 있다는 것이다.

이처럼 민호의 예측은 계속해서 맞아떨어지고 있었다.

한 가지 더 예측한 것은 바로 입소문이다.

"이것 봐봐."

재권은 자신의 탭을 민호에게 건네주었다.

– 뭐야? 서울과 평택만 사람 사는 곳이냐?

– 그러게… 지난번에 친구가 서울 갔다가 꿀 버터 스낵 사왔는데… 이거 진짜 죽이던데. 근처에서 살 수도 없고….

서울과 평택에서만 두 상품이 팔리는 상황에서 사람들은 질시 반, 부러움 반으로 온라인 글로벌 마트 몰에 댓글을 남겨놨다.

그게 꽤 많았다.

재권은 그들의 짜증을 풀어놓은 댓글조차도 기쁜 마음으로 읽고 있었나 보다.

"사람들의 관심은 점점 폭발하고 있어. 이제 네가 말한 거… 할 때가 된 거 같아. 준비도 많이 됐고."

오픈마켓을 이야기하는 재권.

지난번 민호가 제안한 오픈마켓을 7월부터 쭉 준비해왔다.

이제 시동만 걸면 되는 상황이었기에 오늘 아침 상의하려고 민호를 불렀다.

재권의 말을 듣고 민호의 얼굴에 미소가 떠올랐다.

"물량도 다 비축해놨어요."

"그럼…."

"바로 시작하죠."

재권은 고개를 끄덕였다.

두 가지 상품으로 미끼와 떡밥을 던지며 새로 열 오픈마켓을 널리 알리기에는 지금이 딱 적기로 보였다.

재권은 내선으로 홍보팀에 전화를 걸었다.

박규연 과장이 전화를 받았다.

"저번에 말씀드렸던 거 시작하세요."

(네, 알겠습니다.)

그녀에게 주문한 것.

이제 글로벌에서 준비한 오픈마켓이 대대적인 마케팅에 들어간다.

그에 앞서 민호는 이미 파워 블로거들에게 기대를 걸고 있었다.

조희경에게 미리 말을 해놓은 이유도 바로 그것 때문이다.

지금도 13층으로 올라가면서 그녀에게 전화를 걸었다.

(네, 네. 민호 씨.)

"인터뷰를 원하는 기자분들이 또 있다고 하셨죠?"

(네? 아, 네. 항상 원하죠. 저도 저번에 원한다고….)

"이미 한 번 하셨잖아요."

(그… 그렇긴 하지만….)

민호는 이쯤에서 그녀와 밀당을 하기 시작했다.

너무 자주 그녀의 소원을 들어주는 것은 좋은 방법이 아니다.

'신비' 라는 이미지는 남발하면 닳기 마련이니, 카페에 가입하고 나서도 자신을 드러내지 않는 이유가 있었다.

카페 회원들에게 신비한 이미지로 남아야 그들을 최대한 활용할 수 있었기 때문이다.

"어쨌든 기자분 한 분을 선정해서 다음 주쯤 회사로 보내주세요."

(글로벌 본사 말이에요?)

"네, 이쪽으로."

(아, 부럽다. 저도 거기서 민호 씨랑 인터뷰하고 싶었는데….)

"그럼 전 바빠서 끊겠습니다."

(…네? 네, 네. 알겠습니다.)

전화를 끊은 민호의 얼굴에 미소가 떠올랐다.

조희경에게 아무 혜택을 주지 않은 것 같지만, 실은 그 반대다.

그는 그녀에게 권한을 심어주었다.

자신을 인터뷰할 수 있는 기자의 선정.

그 힘을 가진 조희경은 생색을 내면서 카페 매니저로서의 지위를 확고히 할 수 있었다.

팬이 있다는 건 가끔 편리할 때가 있다고 생각했다.

회사 내에도 그의 팬은 꽤 많았다.

심지어 지금 들어가는 13층 경제 연구소에도 한 명 있었다.

그녀가 바로 강성희였다.

"오셨어요?"

"네, 아까 무슨 말씀 하려다가 끊긴 것 같았는데…."

"맞아요. JJ 사모펀드가 인수한 제약회사요."

"다 알아보셨나요?"

"네."

"그럼 자료 가지고 제 업무실로…."

잠시 후 강성희가 자료를 가지고 들어왔다.

7월에 JJ 사모펀드가 인수한 제약회사, 한광 약품에 대한 조사 내용.

그 자료를 건네주자 민호가 읽기 시작했고, 그녀는 그가 읽는 동안 추가로 설명하기 시작했다.

"규모 자체는 크진 않습니다. 하지만 알짜로 알려졌어요. 주력 약품은 네 가지이며… 그중 하나가… 얼리셉트입니다."

그렇게 말하고 그녀는 말을 멈추었다.

최근 그녀는 민호의 자료 읽는 속도를 파악했고, 지금쯤이면 자신이 말한 얼리셉트를 읽고 있을 것이라 확신했다.

"얼리셉트… 지금 우리 회사가 신약 내놓기 전에 알츠하이머 치료제로 불렸던 거로군요."

"맞아요."

그녀는 살짝 뒤로 물러섰다.

그래야 앉아 있는 민호의 시야에서 자신의 각선미가 드러날 수 있었기에.

이미 민호는 결혼해서 못 먹는 감이 되었다.

그렇다고 그에 대한 짝사랑이 사라지는 것은 아니다.

늘 그에게 잘 보이고 싶은 마음.

그래서 짧은 치마 입고 이곳에 들어왔는데, 무심한 민호는 전혀 눈길을 주지 않았다.

그에게 들릴락 말락 하는 한숨을 내쉬며 그녀는 말을 이었다.

"얼리셉트의 가격은 곤두박질쳤고, 마찬가지로 회사의 주가도 쭉 내려갔죠. 그렇다고 망할 회사는 아니었어요. 창업주가 견실하게 회사를 이끌었기 때문에요. 그러나 이번에 JJ 사모펀드에게 당했죠."

"드디어 기업 사냥꾼의 본 모습을 드러내는군요."

"사냥꾼도 아까워요. 기업 약탈자죠."

민호는 고개를 끄덕였다.

그녀가 준 자료에 JJ 사모펀드가 한광 약품을 약탈한 스토리가 나열되어 있었다.

처음에 지분구조가 취약한 그 회사의 지분을 5% 이상 확보했다.

기업의 주식 5%를 먹으면 단순 투자인지 경영 참가인지를 반드시 밝혀야 한다.

JJ 사모펀드는 처음에 단순 투자라고 말했다.

그러나 얼마 후에 주주총회를 했고, 갑자기 생겨난 우호 지분들.

아마도 은밀하게 다른 사람들이 주식 지분을 모았음이 분명했다.

결국, 오래되고 견실한 기업이기는 하지만, 새로운 흐름에 경영진이 좇아가지 못한다는 주장으로 대표가 바뀌었다.

"그런데 인수하자마자 영입한 연구진이 대한대학교 교수들이네요."

"맞아요. 그리고 그 연구진이 그동안 알츠하이머 치료제를 꾸준히 연구해오고 있었습니다. 정부에서 지원하는 곳이 두 군데였는데, 아시다시피 한 곳이 한국대학교였고, 다른 한 곳은 대한대학교였죠."

"한국대학교는 정부 말고 학교 자체 내에서도 지원했고, 돌아가신 안판석 회장님 또한 투자했는데… 대한대학교는 새로운 최첨단 의료장비에 투자하느라 자체 지원이 되지도 않았고, 투자할 기업도 찾지 못했네요."

"그 결과 알츠하이머 연구에서 한국대학교에 뒤처졌는데, 이제는 한광 약품에서 아예 그곳 교수진을 영입했습니다."

민호는 엄지손가락으로 턱 끝을 쓰다듬었다.

아침에 면도했을 때, 살아남은(?) 턱수염 한 올이 만져졌다.

끝까지 살아남아서 도전하는 놈! 마치 방정구 같았다.

그녀가 나가면 뽑으리라고 생각하며 재빨리 말했다.

"방정구가… 끝까지 포기하지 않고 도전장을 내미네요."

"그럴 수밖에 없죠. 3년 후에 알츠하이머 시장은 지금보다 더 커져서 20조 원 규모가 되어 있을 테니까요. 더군다나 만약 그 이전에 지금 글로벌의 신약과 다른 공식으로 새로운 치료제를 개발한다면 엄청난 경쟁이 되겠죠."

JJ 사모펀드가 큰 시장에 뛰어든다.

자꾸 글로벌의 사업영역과 겹치면서.

당연히 고의적인 의도가 섞여 있다고 생각한 민호였다.

: 그의 직장 성공기

184회. 실버큐어타운

민호가 방정구에 의도를 눈치챈 그 시간, 방정구는 인천 공항에 직접 나와 있었다.

오늘은 특별한 사람 하나를 마중 나왔다.

한광 약품을 인수하고 연구진을 구성한 상황에서 그들에게 경험을 불어넣을 사나이!

그의 눈에 큰 짐 두 개를 든 밤색 피부의 남자 하나가 보였다.

사진으로 봤던 그 남자가 맞았다.

그의 이름은 질드레.

그는 알츠하이머 신약 연구의 권위자이고 국적은 스위스였다.

방정구는 재빨리 그에게 다가가 물었다.

"미스터 질드레?"

"예스!"

그가 바로 대답했다.

방정구는 단추 구멍만 한 눈으로 그를 바라보며 과장되게 웃었다.

"한국에 오신 걸 환영합니다. 기다리고 있었습니다."

"아, 네. 그런데 누구시죠?"

"저는 방정구라고… 에이스 그룹의 아시아 지역 사업총괄부장입니다."

"아…."

그렇게 말을 했지만, 바로 알아듣는 것 같지는 않았다.

대신 에이스 그룹이라는 말을 들었을 것이다.

최근 발표한 유통업계 순위에서 드디어 미국 1위를 했으니까.

방정구는 지난번 최민식의 스카우트에 실패한 원인을 보고받았다.

박상민 회장부터 발레파킹 근무원까지.

최민식에게 감동을 주었다고 들었다.

그 이후 최민식은 집에도 잘 들어가지 않은 채 연구에 매진한다는 보고서.

이미 민호가 최민식의 어머니에게 상시 요양보호사까지 붙였다고 한다.

그래서 직접 움직였다.

질드레의 마음을 붙잡고, 그로 하여금 연구에 최선을 다하도록 유도하기 위해서 이곳에 나왔다.

그리고 드디어 질드레를 자신의 차에 태우고, 직접 몰면서 호텔로 향했다.

이렇게 정성을 들이는 이유는 그의 실력을 이미 들었기 때문이다.

방정구는 그가 어색해하지 않도록 계속해서 말을 붙였다.

"이렇게 저희의 제안에 응해주셔서 다시 한 번 감사 드립니다. 나머지 분들도 곧 도착할 것입니다."

"네…."

질드레는 살짝 시큰둥한 반응을 보였다.

이쪽에서 제안한 연봉은 원래 자신의 연봉의 두 배.

그것만으로도 당연히 혹했지만, 결정적으로 스위스를 떠나고 싶어서 제안에 응했다.

최근 그는 연인과 이별했기 때문이다.

마음이 울적한데 앞에서 이야기를 붙여주는 단추 구멍 눈의 사나이 방정구.

고마웠다. 첫인상도 나쁘지 않았다.

앞으로 한국에 정붙이고 살 수 있을 것 같았다.

⚜

바쁜 하루. 치열한 경쟁.

요즘 안재현은 잠잠했고, 대신 방정구가 자꾸 튀어 오르고 있었다.

하지만 그를 파헤칠 시간이 도래했다.

지금 공항으로 나간 민호.

오늘 킹 그룹의 회장의 딸이 한국을 방문한다.

원래는 회장이 온다고 했는데, 그게 불발되었다.

회장은 말레이시아로 갔고 딸이 대신 온다고 했다.

그게 좀 아쉬웠지만, 혹시나 그녀에게 많은 정보를 얻을 수도 있다고 생각한 민호.

그런데 먼저 본 사람은 그녀가 아니라 방정구였다.

주차장에서 차를 세우는데 방정구가 어떤 흑인 남자를 태우는 것이 눈에 띄었다.

시간이 좀 있었다면 가까이 다가가 심리전이라도 걸어봤을 텐데, 안타깝게도 킹 그룹의 회장의 딸이 도착할 시간이 임박했다.

빠른 걸음으로 올라가서 혹시 킹 그룹의 회장의 딸이 왔는지 살펴봤다.

이미 케이티에게 그녀의 사진을 전송받았다.

딱 봐도 한눈에 찾을 수 있는 외모!

큰 짐을 두 개 들고 걸어오는 사람에게 민호가 재빨리

다가가 말했다.

"줄리엣?"

"아, 미스터 킴?"

민호가 다가가자 한 여인이 웃으며 반겼다.

혼혈의 흔적.

금발 머리에 검은 눈동자.

약간 도도한 표정의 그녀가 바로 킹 그룹의 회장의 딸인 줄리엣 킹이었다.

민호를 본 그녀의 눈에 하트가 그려지기 시작했다.

민호가 그것을 모를 리가 없었다.

그는 자신의 능력을 이미 알았다.

약간 야비할 수 있지만, 가지고 있는 능력을 적절히 활용하려는 것이 최근 그가 가지고 있던 생각.

그래서 자신의 카페의 매니저를 하는 조희경에게도 가끔 연락하는 중이다.

"자, 주차장으로 가시죠."

"네."

하지만 여기서 중요한 것은 거리를 반드시 두어야 한다는 것.

민호는 그녀가 끌고 있는 무거운 짐을 보고도 도와주지 않고 바로 앞장섰다.

차에 타자마자 목적에 충실한 질문을 바로 퍼부었다.

"에이스 그룹에 대해서 알고 싶습니다."

물어보는 것에 다 이야기해주겠다는 표정으로 입을 여는 줄리엣.

쉬지 않고 떠들기 시작했다.

외모만 보면 약간 도도해 보였는데, 원래 이런 건지 민호를 보며 무장이 풀린 건지 모르겠다.

민호는 후자라고 생각했다.

"방정구 그 인간은 몹시 나쁜 놈이죠. 킹그룹과 에이스그룹의 합병도 그 인간이 계획했다고 들었어요. 그 사이에 여러 가지 공작으로 사람과 자산을 빼가고, 근본적으로 처음부터 다 흡수하려고 생각했던 거예요. 올해 초 아버지가 돌아가시자…."

여기서 잠시 말을 멈춘 줄리엣.

감정이 약간 북받치는지 말을 잇지 않았다.

민호는 그녀의 아버지가 올해 초에 죽었다는 사실을 잘 알고 있었다.

갑작스러운 심장마비로 세상을 떠난 그녀의 아버지 잡스킹.

그로 인해 에이스와 킹 그룹의 계열 분리가 촉발되었다.

지금 줄리엣이 존슨과 방정구를 원수처럼 생각하는 이유가 있었다.

그녀 아버지의 죽음을 기회로 삼아 많은 것을 앗아간 그들을 원망하지 않을 수 없었으니까.

어쨌든, 계열 분리 된 이후에 이사회의 결정으로 줄리엣의 어머니가 킹 그룹의 회장직에 올랐다.

"아까도 말씀드렸다시피 어머니는 과감하게 사업을 정리하고 계세요. 방만하게 운영하다가는 미국 본사에 부실이 더 심화할 거로 생각하셨는데, 저는 100% 동의하고 있어요. 이사진도 마찬가지죠."

민호의 귀가 쫑긋하며 그녀에 입에서 나오는 특급 정보를 담아 들었다.

오늘 원래 그녀의 어머니가 한국에 오기로 예정되었는데, 갑자기 말레이시아에 간 일.

거기다가 과감하게 사업을 정리한다는 방침을 세운 킹 그룹의 회장?

더 자세히 알고 싶었다.

그런데 드디어 평택 톨게이트가 눈앞에 보이고 말았다.

"다 도착했네요."

"벌써요?"

"네, 이곳이 케이티가 있는 평택입니다."

"아…."

목소리에서 아쉬움이 묻어나온다고 생각한 것은 민호의 착각은 아닐 것이다.

그녀는 실제로 아쉬워하고 있었으니까.

일단 여기까지였다.

그녀에게 이미 존슨과 방정구에 대해서도 많은 정보를 알아냈으니.

언제나 그렇지만 민호는 늘 자신만의 기준이 있었다.

자신의 능력을 이용해서 상대에게 얻어낸 정보만큼 그 역시 상대에게 정보를 주기를 바랐다.

조희경한테도 카페를 운영하게 해주었으며, 매니저의 지위를 이용해 자신과 접선할 수 있는 인터뷰 임명권을 부여했다.

따라서 여기까지 오는 동안 줄리엣에게 받은 혜택을 기브 앤 테이크의 원칙에 따라 자신도 줘야 한다고 생각했다.

평택점에 도착할 때쯤 그는 줄리엣에게 정보를 전달했다.

"혹시 글렌초어 아십니까?"

"글렌초어요? 알고는 있는데…."

"에이스 그룹이 글렌초어의 하부 기업인 걸로 파악됩니다."

"……!"

"나중에 어머님이 오시면 상의해보시기를."

여기까지 말하고 그는 그녀의 표정을 보았다.

많은 생각을 하는 것 같았다.

다시 정면을 바라본 민호.

글로벌 마트 정문에 케이티가 나와 있는 게 눈에 띄었다.

잠시 차를 세웠다.

줄리엣도 케이티를 발견한 듯이 바로 차에서 내려 그녀와 포옹했다.

"정말 오랜만이야, 케이티."

"오랜만이야, 줄리엣. 회장님은 건강하시지?"

"응. 엄마는 말레이시아에서 일주일 후에 오실 거 같아. 그동안… 한국 구경 좀 시켜줘."

"당연하지. 일단 호텔 잡아놨어. 그쪽으로 가자. 아, 민호 씨."

케이티는 이제야 민호를 보며 방긋 웃었다.

민호 역시 살짝 웃으며 두 여인에게 말했다.

"더 있고 싶지만, 두 분의 회포를 풀 시간을 드리겠습니다. 줄리엣 또 봐요."

두 여자의 아쉬운 눈빛을 뒤로하고 민호는 가속기를 밟았다.

들를 데가 있었다.

바로 안성이다.

종로 큰손은 다시 안성으로 내려와 거주하고 있었다.

예전에 그 집을 찾아 들어가니, 언제나 그렇지만 종로 큰손의 귀찮은척한 목소리가 민호의 귀를 때렸다.

"오늘은 또 웬일이냐?"

"말씀드릴 게 있어서요."

"아주 지가 심심할 때만 찾아오고, 할 말만 딱 하고 가는 싸가지 없는 놈!"

그렇게 말하면서도 쫓아내지는 않았다.

사실 민호가 그의 말처럼 가뭄에 콩 나듯이 들르는 것도 아니었다.

일주일에 한 번 정도는 찾아와 그의 말동무를 해주고 갔다.

"킹 그룹의 회장 딸이 한국에 왔어요."

"그래? 걔가 한국 피가 섞인 여자인 걸로 알고 있는데…."

짐짓 약간만 아는척하는 종로 큰손.

민호는 씨익 웃었다.

이미 종로 큰손이 줄리엣의 할머니와 인연이 있다는 걸 알고 왔는데…

"네, 그렇더군요."

"흠… 그럼 걔네 할머니가 살 곳을 알아보러 온 모양이네."

"그런가요?"

"너도 알면서 나한테 뭘 확인하려고 해?"

역시 종로 큰손은 녹록지 않았다.

알츠하이머병에 걸려도 그 진행이 느린 이유는 치료를 잘 받고 있기도 했겠지만, 계속 머리를 쓰기 때문이리라.

그래서 민호는 미소를 지었다.

종로 큰손이 이렇게 건재할 때마다 기분이 좋아졌다.

"그냥 혹시 옛 인연을 잊어버리시는 않았는지 궁금해서요. 현재 킹 그룹 회장의 어머니랑 어르신이랑 예전에 썸씽이 있었다는 기막힌 소식을 제가 입수해서 확인해…."

"지랄하네. 썸씽은 무슨 썸씽? 그걸 여기다 갖다 붙이네! 성희한테 들었냐?"

"아니면 아니지, 왜 욕은 하고 그러세요? 저는 줄리엣의 외할머니가 한국인이라는 걸 얼마 전에 알았습니다. 그런데 어르신은 그분이 한국에서 집 구한다는 것까지 알고 계시니 오해할만하죠."

"그건 이놈아! 나이 들면 다 고향 땅이 그리워지는 거니까… 미국 가서 살다가 이쯤 되면 한국에서 살려고 오겠지… 하고 찍어본 거여, 아이고 답답해. 꿀꺽꿀꺽."

종로 큰손은 옆에 있던 물 한 컵을 재빨리 들이켰다.

그러고 나서 다시 말을 이었다.

"네가 헛소문 퍼트릴까 봐 다시 말하는데… 내 평생 한 여자만을 사랑했던 순정파로 유명했어, 이놈아. 우리 죽은 마누라 말고 다른 데로 눈을 돌린 적은 없단 말이여. 그러니까 너 같은 난봉꾼 입에서 이상한 이야기를 들었으니 화 안나냐? 화가 안 나?"

"헐… 제가 무슨 난봉꾼이라고…."

"여자 홀리고 다니는 거 자체가 난봉꾼 기질이지!"

민호는 쓴웃음을 지으며 고개를 흔들었다.

애초에 그는 유미바라기다.

아이러니하게도 유미가 준 능력으로 여자를 매혹시키는데, 그가 손쓸 도리는 없다고 생각했다.

그래서 종로 큰손의 말을 부정하려고 했는데…

"됐어, 이놈아. 어쨌든 왜 온 거야? 그런 잡소리 하러 온 거면 썩 꺼져!"

"알았어요, 알았습니다. 다른 이야기 할게요. 하하하."

민호는 재빨리 웃음으로 그의 역정을 받아냈다.

종로 큰손의 과거는 비밀 중의 비밀이라며 강성희에게 들었다.

썸씽까지는 아니고 줄리엣의 할머니 혼자 종로 큰손을 짝사랑했다고.

그걸 장난삼아 살짝 찔러봤다.

그의 흥분하는 모습을 봤으니 이제 본론을 꺼낼 때였다.

"사실 줄리엣의 할머니가 살 곳을 제가 알아보고 있는데… 어르신 것도 함께 알아보고 있습니다."

킹 그룹 회장의 어머니가 한국에 머물 집을 찾으러 방문한다는 내용은 케이티한테 들은 이야기였다.

그런데 종로 큰손이 살 곳도 마련하려고 한다는 민호.

이게 무슨 말인가 해서 종로 큰손은 노회한 눈을 껌뻑이며 그 말을 받았다.

"뭐? 내가 살 곳은 왜? 난 여기가 좋아."

"알죠. 여기 좋아하시는 거. 저도 지금 당장 가자고 말씀드리는 게 아닙니다. 내년쯤이면… 괜찮을 거 같아요."

"무슨 소리를 하는지 도통 모르겠네."

"어차피 어르신이 그곳에 사시려고 땅도 사놓으셨잖아요. 과천에…."

"……."

그 말을 종로 큰손은 기억 회로를 다시 작동시켰다.

물론 그렇게까지 힘들여 떠올리지 않아도 재권이의 큰 누나 안수연에게 지난번에 과천 땅을 사들인 게 생각날 수밖에 없었다.

"혹시 거기가…."

"개발한답니다. 정부에서."

"……!"

"아마 지금쯤 우리 회장님이 정부 쪽 사람을 만나서 개발 목적을 하나 더 추가할 필요성에 대해서 설득하고 있을 겁니다."

⚜

같은 시간 과천의 한 음식점에서는 은밀한 만남이 이루어지고 있었다.

만남의 주인공은 박상민 회장과 국토해양부 장관, 한명성이었다.

한명성은 방금 들은 박상민의 말을 다시 한 번 되뇌듯이 물었다.

"실버큐어타운이요?"

"그렇습니다. 알츠하이머 환자들이 거주할 수 있는 복합 거주단지입니다. 거기에 글로벌 제약의 연구소를 같이 짓겠습니다. 또한… 대한민국에서 치매 환자들이 안전하게 거주할 수 있고, 그들을 계속해서 치료해 나가는 메디컬 센터까지 건설할 예정입니다."

"……!"

"물론 정부에서 허가만 해준다면요."

여기까지 말하고 박상민 회장은 하얀 유리 주전자를 들었다.

상대방의 빈잔에 술을 따라주기 위해서였다.

국토부 장관, 한명성은 반사적으로 술잔을 들었다.

쪼르르륵.

가득 찬 술잔을 입에 털어 넣은 그의 고개가 한 번 끄덕여졌다.

그리고…

"청와대에 건의하겠습니다."

박상민이 원하는 대답이 그 입술에서 흘러나왔다.

185회. 손가락이 가리키는 곳

정부는 과천에서 세종특별시로 많은 공무원과 공직자가 이동하는 상황에서 보상 차원으로 계획한 뉴타운이 계류 중이라 돌파구가 필요한 상황이었다.

그래서 지난 몇 년간 과천 뉴타운 계획을 포함해서 도시를 살릴 수 있는 안건을 내놓았지만, 마음대로 진행되지 않았다.

시장 상황이라는 게 있었다.

아무리 강요해도 이루어질 수 없는.

그런데 올해부터 부동산이 슬슬 끓어오르기 시작하더니, 드디어 추진할 수 있는 계기를 얻었다.

거기에 기름을 붓는 글로벌 그룹.

아침부터 민호와 재권을 호출한 박상민 회장의 얼굴에 웃음이 가득했다.

"드디어 연락이 왔어."

"뭐라고…?"

사실 표정만 봐도 알 수 있지만, 예의상 물어본 민호였다.

당연히 민호가 예상했던 대답이 박상민 회장의 입에서 나왔다.

"실버큐어타운. 정부에서 곧 발표할 거야. 하하하."

오랜만에 들어보는 화통한 웃음이었다.

민호는 곧바로 재권과 눈을 마주쳤다.

다른 어느 때보다 박 회장이 큰 웃음을 짓는 이유를 둘은 눈으로 교환하고 있었다.

회장실을 나와서는 바로 말로 교환했다.

엘리베이터에 같이 탄 재권.

6층을 누르며 먼저 말을 꺼냈다.

"오랜만에 당신의 힘으로 얻어낸 사업권이라서 그럴 거야."

"그렇죠. 맞습니다."

"그나저나… 어제 장인어른한테 전화가 왔어. 네 이야기를 하더라고. 너 좀 말려달라고."

민호는 13층을 누르며 쓴웃음을 지었다.

어제 기어코 안성을 떠나지 않겠다는 종로 큰손.

그럼 강제로라도 데리고 가겠다는 말을 했다.

"그런데 이제 알겠네. 실버큐어타운 말씀을 드렸구나."

"네, 맞아요. 어르신도 그곳에 들어가서 사시는 게 좋을 거 같아서 미리 기름칠 좀 해 둔 거죠."

"항상… 고맙다. 내가 못 하는 일을 네가 해줘서."

"아니에요. 그런 말씀 마세요."

재권이 못 하는 일.

그의 장인, 즉, 종로 큰손을 챙기는 행위를 말했다.

엄밀히 말하면 강제로 챙길 수 없도록 종로 큰손의 기가 더 셌다.

재권의 말이 잘 먹히지 않는다.

예의 바르고 공손하게 접근하면 반쯤 욕을 동반한 속된 말로 반응했다.

이러니 무슨 말을 하지 못했다.

그런데 민호는 달랐다.

민호는 좀 더 적극적으로 종로 큰손에 다가갔고, 오버해서 말과 행동을 그에게 던졌다.

놀라운 것은 그게 통한다는 점이었다.

어제 종로 큰손에 전화가 왔을 때, 이미 그가 많이 흔들리고 있다는 걸 느꼈다.

그래서 재권은 민호가 계속해서 그를 설득해주었으면 좋겠다고 생각했다.

이심전심.

말하지 않아도 알 수 있는 단계에 도달했는가.

민호는 눈으로 하는 재권의 부탁을 알아들었다는 듯이 고개를 끄덕였다.

그때 문이 열렸다.

드디어 경제연구소가 있는 13층이다.

"저 내립니다. 오늘 과천에 갈 일이 있어서요."

"그래. 아… 참."

내리는 민호에게 갑자기 할 말이 생각났다는 듯이 재권.

엘리베이터 문 열림 스위치를 잠시 누르며 하는 말에 힘을 주고 말했다.

"인터넷 쇼핑몰 날짜가 확정됐어. 9월 15일."

드디어 글로벌이 준비한 오픈마켓이 태동한다.

그 시작이 다음 달 9월 15일.

얼마 남지 않았다.

늘 그렇지만, 새로운 사업은 묘한 흥분과 기대를 동반했다.

민호 역시 마찬가지였고, 자신에게 말을 건네준 재권도 비슷한 기분인가 보다.

동공에 묘한 떨림이 일어나는 것을 보며 민호는 가볍게 미소를 지었다.

"9월 15일이라. 좋네요. 날짜가."

"그래…."

재권의 말과 함께 엘리베이터의 문이 닫혔다.

가볍게 뒤돌아선 민호.

오늘도 그의 어깨에 '바쁨' 이라고 쓰여있는 것 같았다.

⚜

민호와 마음이 통하는 상대는 한 명 더 있었다.

민호의 평생 소울 메이트, 유미였다.

배가 좀 나온 그녀. 이제 예정일이 3개월도 남지 않은 상황이다.

그 시간이 부족하다고 느껴서인지 요즘 그녀는 그 어느 때보다 자기 일에 충실했다.

글로벌 푸드의 외식 산업이 드디어 시작되었고, 꽤 좋은 출발을 보였다.

이제 글로벌 푸드에서 새로운 사업을 계획하면, 그녀를 빠트려서는 절대 안 될 것 같았다.

그만큼 특별한 능력을 겸비한 그녀는 최근 인사이동에서 과장의 직함을 달았다.

아이를 낳고 나서도 회사에 나오라는 송현우 대표의 마음이 승진에 담겨 있다는 걸 아는 그녀.

당연히 그녀가 하는 일에 더 많은 노력을 담았다.

거기다가 남편인 민호가 원하는 것도 잘 캐치해서 돕고 있었다.

지금도 마찬가지.

그녀는 윤종환 교수의 부인을 붙잡고 설득하고 있었다.

"어디로 간다고?"

"과천이요. 그곳에 계시는 게 할머니에게 더 나을 거 같아서요."

"아아… 과천?"

할머니는 벌써 몇 번째 유미에게 물어보고 있었다.

지난달 이후 몇 차례 들렀는데, 할머니의 기억력 쇠퇴가 좀 더 심해지는 것 같았다.

최근에 민호에게 과전에 실버큐어타운 계획을 들었던 유미.

문득 할머니가 떠올라서 부탁했다.

그녀를 나중에 과천에 모시고 가고 싶다고.

민호는 거기까지 생각하지 못했기에 당연히 그녀에게 고개를 끄덕였다.

실버큐어타운을 아직 짓기도 전에 알츠하이머 환자들을 한곳에 모으는 것도 나쁘지 않다고 생각했다.

그 계획의 하나로 지인들이 모인다면 더 괜찮을 것으로 여겼다.

그래서 허락한 것이고, 유미는 바로 실행에 옮겼다.

몸이 더 무거워지기 전에 행동을 취해야 한다고 생각한 그녀는 곧바로 이곳에 와서 할머니를 모시고 과천으로 이동했다.

운전하는 동안 룸미러로 할머니의 잠든 모습이 보였다.

처음에 몇 번 들렀을 때, 꾸벅꾸벅 졸거나 잠에 들은 할머니를 보며 별생각이 없었다.

하지만 나중에 민호에게 들은 소식.

윤종환 교수가 아내에게 이상 증상이 생겼다고 털어놓은 말을 전해 들었다.

밤에 잠을 이루지 못한단다.

당연히 피곤해서 낮에 졸거나 잠을 잘 수밖에 없었다.

갑자기 돌아가신 할머니가 생각났다.

알츠하이머로 고생하시다가 고인이 되신 할머니는 유미를 꽤 아껴주셨다.

이런저런 생각에 벌써 과천에 도착했다.

문원동에 있는 전원주택가에 차를 세울 때, 그녀의 눈에 이채가 서렸다.

민호가 몇 명의 사람들에게 지시를 내리는 게 보였기 때문이다.

차에서 내리자 민호가 돌아봤다.

"어? 왔어?"

"응. 할머니 모시고."

"윤 교수님께는 말씀드렸어. 빨리 안으로 모시자. 자, 좀 도와주세요."

민호는 유미에게 시선을 떼서 앞에 있던 사람들에게 도움을 요청했다.

그들은 요양보호사.

알츠하이머 환자들 경험이 꽤 많았다.

일부러 그 사람들을 고용했다.

앞으로 실버큐어타운이 다 지어지기 전에 이곳 전원주택가를 중심으로 지인들을 돌보기 위해서.

그 지인 중 하나는 종로 큰손이 포함되어 있었다.

그리고 또 하나의 지인이 도착했다.

헝클어진 머리와 까칠한 수염을 지닌 최민식.

조심스럽게 차를 주차하고 나서 자신의 어머니를 모시고 내렸다.

"오셨습니까?"

"아… 소장님. 정말 감사합니다."

"아닙니다. 당연히 해야죠."

자신을 보자마자 고개를 숙이는 최민식을 보며 손을 살짝 저었다.

그러고 나서 최민식의 어머니 역시 요양보호사에게 부탁해서 재빨리 전원주택으로 옮겼다.

민호는 간절한 눈으로 어머니를 보는 최민식에게 말했다.

"저쪽 보이십니까?"

자신의 손가락을 태양이 지는 곳을 가리킨 민호.

자연스럽게 최민식의 시선이 민호의 손가락을 따라서 이동했다.

그곳에 슬슬 황혼이 내리깔리고 있었다.

이곳에 들어온 노인들의 삶을 상징하듯이.

하지만 황혼을 보라고 민호가 그곳을 가리키는 것은 아닐 것이다.

당연히 최민식이 기다리던 말을 민호가 쏟아냈다.

"저기에 알츠하이머 리서치 센터가 지어질 것입니다. 국내 최대규모입니다. 그리고…."

"……."

"그 옆으로 실버큐어타운이 조성되고, 그 옆으로는 메디컬 센터가 지어질 겁니다."

최민식의 동공이 흔들린다.

다시 한 번 느끼지만, 글로벌에 들어온 것은 그의 인생에서 가장 잘한 결정인 것 같았다.

민호는 그의 표정을 보면서 흐뭇한 미소를 지었다.

같은 곳을 쳐다보는 사람 하나가 더 생긴다는 것은 꽤 기분 좋은 일이었다.

그들이 보는 시선의 끝.

그곳에 저물고 있는 태양은 반드시 다시 떠오를 것이다.

⚜

그날 저녁.

과천에 있는 MVP 호텔에 묵은 방정구는 같은 곳에 묵고 있는 질드레를 식사에 초대했다.

질드레의 숙소는 현재 마련 중이었다.

연구소가 있는 한광 약품 근처에서 질드레의 취향에 따른 오피스텔을 골라야 하는데, 생각보다 질드레가 까다로웠다.

어쩔 수 없이 그가 MVP 호텔에 묵는 기간이 계속 연장되었지만, 방정구는 그에게 최선을 다하리라 마음먹었기 때문에 겉으로는 계속 위장된 웃음을 지었다.

그의 웃음이 멈춘 때는 자신의 방에 들어가서 TV를 켰을 때였다.

– 정부가 과천에 신개념 복합 단지 조성 계획을 발표했습니다. 〈지식&실버〉라는 슬로건으로 만드는 복합 단지는….

그의 눈이 점점 커지고 있었다.

이건 예측하지 못한 부분이었다.

한국에서 건설로는 이제 쉽지 않다고 판단했기에 건설회사를 인수할 생각은 하지 않았다.

거기다가 인도네시아 슬럼가 개발 계획은 인도네시아 건설회사로 승부를 보는 게 훨씬 낫다는 생각에, 한국의 건설회사는 건드리지도 않았다.

그러다가 최근에 슬슬 불기 시작한 건설 붐들.

약간 아까웠다.

1기 신도시가 재개발에 들어가기 직전이라는 시장 동향 보고서도 올라왔다.

그의 눈이 빛났다.

갑자기 건설 쪽에 관심이 생기기 시작했다.

문제는 돈이었다.

계속 투자만 하고 투자 회수금이 없을 경우, 아무리 자신을 신뢰하는 존슨이라도 더 지원하지 않을 것이다.

결국, 돈이 보이긴 해도 무작정 덤벼드는 것은 아니라고 생각한 방정구.

관련 내용을 보면 자꾸 욕심이 생긴다.

그래서 그는 TV를 꺼버렸다.

오늘 밤에는 푹 자긴 글렀다.

그의 예측이 맞았다.

그는 계속해서 잠을 설쳤다.

자꾸 아른아른 거렸다. 아까 본 과천 복합 단지가.

지금 현재 그가 머물고 있는 곳이 과천이라 더더욱 노리고 싶은 마음.

그렇게 뜬 눈으로 밤을 지새웠을 때, 도저히 안 되겠다 싶어서 다시 TV를 틀었다.

– 과천 복합단지에 실체가 하루 만에 드러나기 시작했습니다. 바로 알츠하이머 치료센터가 그 실체였는데요.

방정구의 눈이 커졌다.

알츠하이머 치료센터란다.

그렇다면 존슨에게 잘 설명할 수 있는 부분이다.

글렌초어의 다음 타겟이 바로 스위스의 모슈였기 때문이다.

그는 좀 더 깊이 파기 위해서 과천 복합 단지를 더 자세히 파악했다.

자체 정보기관인 여의도 찌라시 방에 명령을 내린 건 당연한 일.

지난번에 해커에게 엄청난 공격을 받고 모든 안전장치를 깐 후에 재탄생한 여의도 찌라시 방의 능력을 오늘 다시 시험하리라.

그래도 예전과 확실히 달랐다.

여의도 찌라시 방의 속도가 훨씬 빨라졌다.

오전에 내린 지시를 오후에 수행한 점만 봐도 알 수 있었다.

다만 결과를 듣고 상당히 기분이 나빠진 방정구.

"실버큐어타운이라… 글로벌이…."

가만히 있을 수는 없다고 생각한 그는 스마트폰을 열었다.

'ㄱ'에 최상단에 있는 이름이 보였다.

그게 바로 김민호였다.

그 이름을 누르고…

통화버튼을 터치했다.

186회. 퇴근 후에

퇴근을 준비할 무렵이었다.

오늘 하루도 바빴던 민호.

여러 가지 일을 동시에 추진한다는 것은 그의 능력이지만, 반대로 일이 점점 몰입되면서 쉬는 시간의 감소로 이어졌다.

아무리 그가 일을 좋아한다고 하더라도, 이 무렵에는 피곤이 몰려왔다.

다만 집에서 기다리는 유미를 떠올리면 다시 기분이 좋아졌다.

주차장으로 가는 동안 그녀에게 전화를 걸었다.

(응. 오빠.)

“나, 지금 퇴근. 오랜만에 외식할까?”

(정말? 그럼 나 먹고 싶은 게 있는데.)

“뭔데?”

(무타벨.)

“무타벨? 그게 뭐야? 혹시….”

요즘 유미는 할랄 음식에 빠져있었다.

그것은 이슬람 계열 음식으로 민호가 절대 즐길 수 없는 맛이었는데…

(응. 할랄 푸드인데, 그거 잘하는 곳을 발견했어. 고려호텔….)

“여보세요? 여보세요?”

갑자기 끊긴 전화.

엘리베이터가 지하 4층 주차장에 도착하면 늘 이렇게 끊긴다.

이로써 유미는 지금 또 혼잣말을 하게 될 것이다.

쓴웃음을 지으며 주차장 바로 앞에 있는 자신의 차에 들어간 민호.

곧 유미에게 다시 전화가 올 것으로 예상했다.

역시나 시동을 건 순간 전화가 왔다.

그런데 블루투스 화면에 뜬 이름은 유미가 아니라…

〈방정구〉

였다.

민호의 눈썹이 치켜 올라갔다.

무슨 목적으로 전화했을까?

재빨리 통화 버튼을 누르려다가 잠시 멈춘 민호.

일단 냉정해질 필요가 있었다.

그가 전화한다고 해서 덥석 물었다가는 오히려 그에게 더 많은 것을 내줄 가능성이 높았다.

그 생각을 하다가 끊어진 전화.

그냥 받을걸.

잠시의 순간 후회가 솟구쳤다.

방정구에게 다시 전화해야 하나?

부재중 전화가 와 있어서 전화했다고 하면 그만이었다.

그러나 민호는 끝내 전화하지 않았다.

예감이 들었다.

급한 놈이 먼저 전화할 거라는.

그의 예상이 맞았다.

유미와 다시 통화하고 나서 고려 호텔에 도착할 때쯤 해서 다시 방정구의 전화가 걸려왔다.

씨익. 민호의 입꼬리가 말려 올라갔다.

이번에는 전화벨이 어느 정도 울리고 나서 받았다.

"여보세요?"

(그때 제가 진 장기요. 아깝게 져서 며칠밤을 지새웠습니다. 복수혈전! 하하하. 리턴매치 해야죠. 오늘 시간 괜찮으신지 여쭈어보려고 전화했습니다.)

민호의 얼굴에 웃음이 짙어졌다.

당연히 괜찮다. 괜찮고말고.

유미와의 약속을 취소하면 되는 일이었다.

때마침 이슬람 음식도 먹고 싶지 않았다.

그러나!

상대방이 원하는 대로 해주고 싶지는 않았다.

"오늘이요?"

(오늘이 아니더라도… 상관은 없습니다. 그럼 언제쯤 가능할까요?)

"그건 제가 따로 연락을 드리겠습니다. 그런데 제육 덮밥 먼저 사셔야 하는데…."

(아뇨. 내기에 올라간 물건을 바꾸고 싶습니다.)

"……."

(실버큐어타운 개발권!)

순간 민호의 입술에 새겨진 웃음이 싹 없어졌다.

방정구가 알고 있었다.

아직 언론에 노출한 것도 아니었는데.

일단 끌려가서는 안 된다고 생각한 민호는 살짝 말을 돌렸다.

긍정도 부정도 하지 않은 채 말이다.

"제육 덮밥을 별로 안 좋아하시는군요."

(죄송하지만, 제가 채식 주의잡니다.)

"고기를 안 먹는다라… 친하게 지내고 싶진 않네요."

(전 반댑니다. 김민호 씨랑 계속 어울리고 싶어요. 하하하.)

웃음소리를 듣는 민호의 귀.

단추 구멍 눈에 입술을 헤 벌리며 웃는 방정구가 앞에 있는 것 같았다.

그 웃음을 없애주고 싶었다.

방정구가 할랄 푸드를 싫어하면, 지금 유미와 약속한 곳에 가서 이슬람 음식을 먹여주고 싶은 마음이 가득했다.

하지만 그럴 수는 없는 법.

차라리 다른 쪽으로 당황하게 할 방안이 머릿속에서 세워졌다.

정말 순간적이었다.

순식간에 1부터 10까지의 시나리오가 민호의 머릿속에 떠올랐다.

다시 얼굴에 미소가 떠오르며, 민호의 입이 열렸다.

"그럼 장기 둘 장소는 제가 결정하겠습니다."

(말씀하십시오.)

다 들어줄 것처럼 말하는 방정구의 귀에 민호의 카운터 펀치가 들어갔다.

"성혜 그룹에 저번에 제가 장기를 뒀던 곳이 있거든요."

(……!)

"그때에는 제가 이겼어요. 장수는 이긴 곳을 전장으로

삼고 싶어 하잖아요. 저 역시 마찬가집니다. 아, 맞다. 성혜 그룹 회장님한테 미리 허락을 받긴 해야 하는데… 아마 들어주실 겁니다.”

(…알겠습니다.)

웃음이 쏙 들어갔다.

최소한 방정구가 원하지 않는 곳 하나를 생각해 낸 민호는 마냥 당하지만은 않았다고 자위했다.

그리고 돌린 전화.

몇 번 울리지 않아서 바로 받는 안재현.

묵직한 그의 음성이 수화기를 타고 민호의 귀에 들어왔다.

(어쩐 일이지? 네가 나에게 전화를 다 하다니?)

“지난번에 제가 장기 두었던 곳. 내일 혹시 대관 가능한가요?”

이제 고려호텔의 주차장에 도착한 민호의 요청에 안재현의 긍정적인 답변이 흘러나왔다.

(언제든지….)

⚜

향신료의 알싸한 향이 코끝을 찌른다.

고려호텔의 한 호텔 주방에서 훤칠한 키와 부리부리한 눈망울의 미남 요리사가 요리에 열중하고 있었다.

무타벨, 후무스, 팔라펠….

꽤 생소한 이름의 요리.

그의 손으로 만들어진 이 요리는 아랍어로 '신이 허락한 음식'이라는 뜻이다.

바로 '할랄 푸드'였다.

그것을 내 가는 곳에 한 사내가 오만한 표정으로 자신을 기다리고 있었다.

"이게 바로 무타벨입니다. 가지를 굽고 그 안에…."

"됐어. 설명은 그만."

"아… 네."

안재현은 자신에게 설명하려는 요리사에게 손짓했다.

가보라는 뜻이었다.

먹을 때 지켜보는 것을 과히 좋아하지 않는다는 표시.

앞에 앉은 신지석은 예외였다.

자신이 먹을 때 지켜보도록 허락한다는 의미가 아니라, 늘 자신의 곁에 있어야 귀찮은 일을 시킬 수 있었으니까.

"내일 김민호가 온다는군."

"네? 아… 네… 뭐 때문에."

요리사가 오기 전에 민호와 통화한 안재현.

무슨 내용인지 알 수가 없었기에 신지석이 이유를 물었다.

"장기 두러…."

"장기요?"

"그런데 내가 아니라 다른 사람인 거 같아."

"……."

안재현은 민호의 꿍꿍이가 궁금했다.

내일 장기를 두러 온다는 말.

그런데 대상은 안재현이 아니라고 했다.

누군지 궁금했지만, 묻지는 않았다.

이런 것을 직접 알아내는 게 그의 스타일이다.

다만 직접 몸을 움직이는 것이 아닌, 부하를 부리는 데 그의 능력이 발휘되었다.

그게 바로 자신의 앞에 앉아 있는 신지석이었다.

"다른 사람이요?"

끄덕끄덕.

안재현의 고개가 살짝 두 번 끄덕거리는 걸 보며 신지석의 머릿속이 실타래처럼 헝클어졌다.

저 의미는 민호와 장기를 두는 상대를 알아보라는 것이나 마찬가지다.

그것도 '이른 시일 안에'라는 단서까지 달아놨다.

참 비위 맞추기 힘든 회장이었다.

두바이에 진출한 성혜 식품의 외식 사업이 어떤 맛인지 궁금하다고 갑자기 고려 호텔에 와서 할랄 음식을 주문한 안재현.

그 음식을 몇 입 먹더니 금세 인상을 찌푸렸다.

머릿속으로는 민호가 만날 누군가를 찾아야 한다고 생각하면서도, 곧바로 안재현의 표정에 반응하는 신지석.

"음식이 입에 맞지 않으신가 봅니다."

"응. 그냥 다음에 민호랑 한 판 더 둬야겠어. 역시 난… 제육 덮밥이 맛있어."

안재현이 일어섰을 때, 신지석 역시 같이 일어설 수밖에 없었다.

사실 그의 입맛에도 할랄 음심은 잘 맞지 않았다.

그런데 맛이 있었어도 그 맛을 느끼진 못했을 것이다.

머릿속에는 벌써 민호가 누구를 만나는지 파악해야 한다는 지상 명제가 가득했으니 말이다.

따라서 회사로 복귀했을 때, 정보팀에 바로 들른 것은 당연한 일이었다.

정보팀에는 컴퓨터로 정보를 수집하고 가공하며, 조작하는 이들도 있었지만, 직접 행동하며 뒷조사를 담당하는 이들로도 구성되었다.

신지석은 그들을 풀가동했다.

곧이어 바로 전화벨이 울렸다.

마음이 급해서 스마트폰을 바로 받은 신지석의 귀에 보고가 들어왔다.

"그래."

(고려호텔에 있습니다.)

고려호텔이라니?

조금 전까지 안재현과 자신이 있었던 곳이었는데…

(그곳에서 정유미 과장과 식사를 하고 있습니다.)

"……?"

그 이후 별다른 내용은 없었다.

하긴 당장 민호를 뒷조사해봤자 큰 소용이 없을 것이다.

이럴 때는 자존심 살짝 굽히고 이용근에게 부탁해보는 게 좋을 것 같았다.

저녁 9시.

신지석은 아직도 퇴근하지 않은 이용근을 찾아 전략기획실로 들렀다.

"김민호가 이쪽으로 온다고요? 장기를 두러? 언제요?"

"그건 아직 모르겠습니다. 김민호가 연락해준다고… 아니, 그 인간은 자기 회사 두고 왜 여기서 장기를 둘까요? 거기다 회장님은 왜 허락하셨을까요? 매번 느끼는 거지만, 회장님은 김민호를 적으로 생각하지 않으십니다."

이용근은 신지석의 말을 듣고 잠시 턱을 만지작거렸다.

그 부분은 자신도 느끼고 있었다.

안재현이 김민호에게 정도 이상 관용을 베풀고 있다는 점을.

처음에는 살을 찌워서 잡아먹을 돼지를 키우나 했다.

그러나 돌이켜보면 그게 아니었다.

안재현은 김민호에게 늘 관대했다.

"일단 유추 가능한 사람은 방정굽니다."

"네? 방정구요?"

"그렇습니다. 김민호가 괜히 대관해달라고 하는 것은 아닐 겁니다. 공공의 적을 등장시키려는 속셈이 아닐지 생각이 되네요. 솔직히 글로벌 혼자 에이스 그룹을 상대하기는 쉽지 않습니다. 상반기에 방정구는 인도네시아에 건설회사를 인수하고, 슬럼가 개발 계획에 적극적으로 참여했으며, 최근에는 제약회사를 인수했습니다."

"그렇죠. 맞아요."

이용근의 역삼각형 얼굴이 오늘따라 더 날카로워 보였다.

확실히 머리가 좋고 일을 추진하는 능력은 좋다고 생각한 신지석은 귀를 쫑긋 세웠다.

그러다가 문을 두드리는 소리가 귀를 기울인 집중력을 방해했다.

"들어오세요."

이용근의 목소리에 바로 문이 열렸고, 들어오는 사람은 정보팀의 김명철 과장이었다.

그는 살짝 고개를 숙이며 신지석에게 다가갔다.

"인도네시아의 시나르 건설과 마스 중공업이 유상증자를 발표했습니다."

"유상증자?"

"그렇습니다."

신지석은 김명철의 보고를 듣고 이용근을 바라봤다.

이용근 역시 신지석을 바라보고 있었다.

시나르 건설과 마스 중공업은 에이스 그룹이 투자한 곳이었다.

인도네시아에서도 알려지기를 인도네시아 사모펀드에서 인수했다고 발표했지만, 실제로는 자금이 한국을 거쳐 갔다고 지난번 김명철이 보고했었던 것이다.

그 두 회사가 바로 슬럼가 개발 사업의 중추적인 역할을 맡았다.

당연히 주식 가격은 고공 행진.

그런데 더 돈을 벌기 위해서 유상증자를 한다?

자신을 바라보는 신지석을 보며 이용근의 입이 열렸다.

"방정구가 돈이 더 필요한 게 확실하네요."

"그럼 그 돈으로 뭘 하려고 하는 걸까요?"

"지금까지 그의 행보로 봐서, 그의 적은 성혜와 글로벌인 게 확실해졌어요. 아마도 우리 둘이 최근에 전력을 기울이는 곳으로 투자하거나 인수해서 붙으려고 하겠죠."

"아예 한국에 뿌리내릴 작정이군요."

"아마도요. 그런데… 에이스 그룹은 화수분처럼 돈을 뽑아내는군요. 그리고 방정구가 그 돈을 알아서 쓰게 두다니, 그가 그 정도로 에이스 그룹 회장의 신임을 받는 사람인지는 정말 몰랐습니다."

신지석은 그 말을 하는 이용근의 눈을 바라보았다.

그리고 알아챘다.

이용근의 눈에는 '에이스 그룹' 이외에 뭔가 더 있다고 말해주고 있었기 때문에.

의혹. 더 큰 무언가가 있다는 것.

몸이 슬슬 떨려왔다.

187회. 키스해 줘

민호는 오랜만에 집에 들어가지 않았다.

이왕 고려호텔에 온 것…

그냥 들어가기가 싫었다.

가끔 그럴 때가 있었다.

집이 아닌 다른 곳에서 밤을 보내고 싶은.

유미를 설득하는 것이 관건이었는데, 다행히 그녀가 승낙해주었다.

대신 다음 날 아침 유미와 함께 또 한 번 할랄 음식을 먹어야 한다는 조건이 있었다.

또한…

"안타깝지만… 오빠, 오늘이 마지막이야."

“마… 마지막?”

“응. 8개월에서 9개월에는 무조건 피해야 해. 왜냐하면….”

“알았어. 설명까지는 안 해줘도 돼. 하하하.”

이제부터 참고 살아야 한다는 그녀의 말을 듣고 고개를 끄덕였다.

설명을 듣지 않아도 그건 기본적인 상식이었다.

정확히 말하면, 지난번에 산부인과 의사가 그의 눈빛을 바라보면서 강조했다.

– 다음 달부터는 관계를 자제하셔야 합니다.

이미 민호가 밝히는 것을 눈치챈 모양인지 목소리에 힘이 들어간 산부인과 의사.

그녀는 추가로 조산의 위험성에 대해서 적지 않은 시간을 할애했다.

당연히 기억력이 좋은 민호의 머릿속에 박혀 있지 않을 수 없었다.

다음 달부터 성관계 = 조산 위험성이라는 공식이.

그 때문에 오늘 분위기 있게 호텔 방을 잡은 것이다.

그리고 그 때문에 유미가 허락했던 이유이기도 했고.

스르륵. 옷이 흘러내리는 소리가 민호의 귀에 들렸다.

적극적인 움직임이다.

유미가 먼저 옷을 벗었다.

그리고 민호의 눈에 비친 그녀의 모습.

배가 나와도 아름다운 몸을 본 적이 있는가.

새로운 생명을 잉태한 여인의 몸이 바로 그 아름다움을 나타낼 최적의 표현일 것이다.

미사여구도 필요 없었다.

민호의 입이 벌어진 까닭은 다 그만한 이유가 있기 때문이리라.

"정말…."

"쉿!"

뭐라고 말을 하려고 하는데, 유미가 손가락으로 그의 입을 막았다.

약간 쑥스러운 것 같았다.

자신의 몸을 민호에게 적나라하게 다 내비치는 지금.

아무리 칭찬이라도 더 들을 필요는 없었다.

유미는 천천히 민호에게 다가가 입술을 가까이 댔다.

그리고 도톰한 그 입술에서 나오는 말.

"키스해 줘…."

뜨거운 숨결이 민호의 귀에 닿았다.

그 말을 듣고 가만히 있을 수는 없었다.

당연히 행동하는 젊음.

그렇게 뜨거운 밤, 당분간은 없을 마지막 밤이 깊어갔다.

젊어서 그런지 다음날에는 멀쩡한 채로 방을 나왔다.

조식도 이곳에서 해결한다고 약속했던 민호.

그런데 웨이터를 향해서 유미가 다른 할랄 음식을 요구했다.

"후무스 하나 준비해주시고… 음, 오빠는 팔라펠이 낫겠다."

들어보지도 못한 음식 이름이었다.

뭘 보고 그게 자신에게 낫다고 했을까?

억지로 고개를 끄덕였지만, 찜찜하기 그지없었다.

어제도 무타벨이라는 음식을 참 맛없게도 먹었기 때문에.

"아, 잠시만요. 이것 좀 요리사에게 전해주실 수 있나요?"

가려던 웨이터를 붙잡고 유미가 웃으면서 말했다.

건넨 작은 쪽지.

웨이터가 그것을 보며 눈을 좀 크게 뜨자 그게 의문의 표시라는 걸 깨닫고 유미는 추가로 설명했다.

"우리 신랑이 향이 강하게 나는 걸 싫어하는 거 같아요. 그래서 요리사님께 부탁 좀 하려고요."

"네, 알겠습니다."

민호의 얼굴에 웃음이 깃들었다.

역시 자신의 아내, 유미라고 생각했다.

자신의 마음에 들어와 있는 듯, 어제 먹은 음식에서 가장 싫어하는 부분인 향을 빼달라고 하다니.

잠시 후 요리가 나왔을 때, 그는 진짜 한국식 이슬람 음식을 맛볼 수 있었다.

일종의 고로케(크로켓)였다.

"나 한 입 먹어봐도 돼?"

"당연하지. 자."

민호는 하나를 숟가락에 담아서 유미에게 전달했다.

그것을 맛보는 그녀.

민호는 아마도 곧 그녀의 입에서 이 음식의 재료가 쏟아져 나올 거로 예측했다.

역시나 맞았다.

"거기에 병아리 콩을 으깬 거랑 레몬즙 세 스푼…."

민호의 전화벨이 울리지 않았다면, 그녀의 입에서 나오는 성분을 다 들을 수 있었을 텐데…

"아, 미안. 잠시만."

권순빈이었다.

아직 출근도 하기 전인데, 그가 전화했다는 점.

급한 일이라고 생각되어서 민호는 곧바로 스마트폰을 열었다.

(소장님, 시나르 건설과 마스 중공업이 유상증자를 발표했습니다.)

민호의 눈썹 끝이 올라갔다.

어제 방정구와 통화한 장면이 머릿속에 스쳐 갔다.

"알겠습니다. 조금 있다가 들어가겠습니다."

전화를 끊은 민호.

유미의 얼굴을 보자, 그녀가 말했다.

"무슨 일이야?"

"응. 방정구 이 자식이 정말 큰 앙심을 품었나 봐."

"……."

"이번에는 인도네시아의 두 건설회사에서 돈을 뽑아다가 한국 건설 회사를 살 거 같아."

유미는 고개를 끄덕였다.

이미 그에게 설명을 들어서 알고 있었다.

다만 다른 부분에서 의문이 들었다.

"그럼 글로벌에서 진출한 사업은 무조건 쫓아오는 거야?"

"내 느낌은 그래. 약간 사이코 같아. 그런데 존슨 회장이 이걸 가만히 두고 있는 게 신기하단 말이야."

"뭐… 숨겨놓은 자식인가 보지. 아… 방 전무님 아들이라고 했지? 그럼 존슨이 양아들로 맞이했을지도…."

"설마…."

민호는 피식 웃으며 고개를 끄덕였다.

요즘 유미가 드라마를 보더니 꽤 이상한 스토리를 생각해냈다고 여겼다.

"어쨌든… 내 생각엔, 저러다가 존슨한테 잘릴지도 몰라. 결국은 나한테 당할 테니까."

"응. 거기다가 아직 식품은 도전해오지 않았잖아. 만약 식품마저 쫓아오면… 내가 오빠 대신 응징해줄게."

이제 부창부수의 길을 가려고 하는가.

유미는 아주 예쁘게 웃으며 민호에게 힘을 실어주었다.

민호 역시 마주 웃었다.

그런데 그녀의 장담은 헛된 것이 아니었다.

이미 그녀의 계획을 들은 민호가 알고 있었다.

이제 글로벌 푸드의 비상만 남아 있었다는 걸.

단지 한국만이 아니라 세계의 먹거리를 다 점유할 꿈에 부풀어 있는 유미.

능력이 있는 사람은 큰 꿈을 꿀 자격이 있다.

그녀라면 반드시 이룰 것이라고 속으로 장담했다.

⚜

뉴욕의 맨해튼.

에이스 그룹의 본사가 있는 곳.

희끗희끗한 머리에 단춧구멍 눈을 한 사람이 아주 편안해 보이는 소파에 털썩 앉았다.

이곳은 회장실.

편안하게 앉아있는 모습을 보니 당연히 그는 에이스 그룹의 회장, 존슨이었다.

퇴근 시간이 지났지만, 그는 좀처럼 회장실을 나가지 않았다.

존슨은 커피를 마시면서 세계의 경제 흐름에 대해 파악

해야 할 시간이 다가왔기 때문이다.

그가 반드시 매일 해야 할 일이었다.

앞에 있는 리모컨을 들었다.

그리고 버튼을 뚜–하는 소리와 함께 정면에 있는 벽이 좌우로 열렸다.

지이이이잉.

남아메리카라고 LED가 들어왔다.

그리고 벽에 박혀있는 모니터에 불이 들어오며 보고서가 올라갔다.

– 칠레산 와인 공급 차질.

– 수리남 알루미늄 광산, 모엥고 완전 고갈.

– 베네수엘라…

존슨 회장의 눈은 매의 그것으로 바뀌며 리모컨을 사용해 하나하나 클릭했다.

와인 공급은 노동자들의 일시적인 파업 때문에 차질이 생겼다는 이유가 쓰여있었다.

다른 지역에도 시시각각 변하는 자원과 상품들의 변동사항에 이유가 나와 있었다.

남아메리카 총괄부장인 자신의 양아들, 루이스가 잘 대처하는 것 같았다.

다음은 아시아였다.

모니터를 켜자마자 그의 눈이 약간 찌푸려졌다.

– 인도네시아 시나르 건설과 마스 중공업의 유상증자.

자신의 또 다른 양아들, 방정구가 보고한 저 기록이 거슬렸다.

당연히 스마트폰을 꺼내서 그에게 전화할 수밖에 없었다.

신호음이 울리는 동안 커피를 다시 한 모금 마시는 존슨.

뜨거운 액체가 그의 목을 타고 넘어들어갔다.

(회장님.)

신호음이 끊기는 그 순간, 방정구의 목소리가 들렸다.

"그래. 건강하니?"

(네. 보고서 보시고 전화하시는 것 같습니다. 설명해 드리자면….)

이유는 분명히 적혀 있었다.

한국의 건설 시장이 회복될 조짐이 보인다는.

그러나 그것만으로 인도네시아의 두 그룹에 대한 유상증자를 설득시키기는 어려울 것이다.

왜냐하면, 아시아 쪽은 특히나 회사 자체를 상장 폐지하는 걸로 목표를 잡고 있기 때문이다.

그게 바로 에이스 그룹의 목표였고, 글렌초어가 지금까지 각 나라에 납작하게 엎드려서 경제를 잠식하는 전략이었다.

"맘에 안 드는구나."

(하지만 회장님! 더 큰 것을 위한 길이라고 생각하시면 됩니다. 믿어주십시오.)

"음…."

믿어달라는 양아들의 말.

당연히 존슨은 낮은 목소리로 입을 열었다.

"믿겠다. 하지만 이왕 이렇게 된 거… 크게 보여주기를 바란다. 남미에 있는 네 형 루이스가 요즘은 꽤 잘하고 있더구나."

(네… 알겠습니다.)

방정구의 목소리에 질투와 시샘이 엿보였다.

이것만으로 그를 자극하는 데 성공한 존슨.

전화를 끊고 아까 마시던 커피를 다시 한 번 목으로 넘겼다.

그때 똑똑하며 누군가가 문을 두드렸다.

존슨은 낮고 강한 목소리로 말했다.

"들어와."

그 목소리에 바로 문을 열고 들어오는 백인 남자.

갈색 머리에 갈색 눈빛이 매우 매력적이었다.

웃음을 지으며 존슨의 옆에 앉은 그는 바로 존슨의 첫 번째 양아들, 벤이었다.

"혹시 인도네시아 소식 들으셨습니까?"

"방금 정구랑 통화했다."

"아버지, 언제까지 그 녀석을 맘대로 날뛰게 하실 겁니까?"

웃고는 있지만, 짐짓 맘에 들지 않는다는 듯이 벤이 존슨에게 물었다.

그러자 존슨은 커피잔을 놓은 채 살며시 웃었다.

"내 방침 알잖니? 목표에 달성하지 못하면… 어떻게 되는지…."

"그렇기야 하지만…."

"걱정하지 마라. 그것보다 이번에 킹 그룹 회장이 말레이시아로 떠났다고 하던데. 무슨 이유인지 알고 있니?"

"짐작은 가능합니다. 아마 사업 정리 때문이겠죠."

"흠… 조금 아깝구나."

벤은 존슨의 입에서 나오는 아깝다는 말의 의미를 알아챘다.

이왕이면 킹 그룹의 아시아 유통망을 거두어들이고 싶다는 이야기였다.

하지만 이미 킹 그룹과는 완전히 틀어진 관계였다.

그것도 원수 대하듯이.

당연히 거래의 '거' 자도 꺼낼 수 없었다.

이 때문에 아깝다고 말한 것이었다.

"어쩔 수 없습니다. 대신 북미에서는 착실히 시장을 잠식하고 있으니까… 어쩌면 몇 년 안에 킹 그룹이 무너질 거예요. 그때쯤이면 우리가 내민 손을 절대 거절 못 할 겁니다."

벤은 북미지역 총괄부장.

자신의 전공을 포장하여 이야기하면서 미소를 지었다.

그 미소를 보며 존슨 역시 웃었다.

"허허허. 이번에도 기대해보마."

"네, 아버지."

존슨의 신뢰가 담긴 목소리.

하지만 벤은 속으로 존슨을 절대 믿지 않겠다고 다짐한 지 오래였다.

어차피 핏줄로 연결된 사람들이 아니었다.

친자식이 없는 존슨 아래에서 야망을 품은 젊은이들이 양아들로 만났다.

그 안에서 치열하게 경쟁하고, 결국은 강자가 살아남을 것이다.

다만 마지막 강자는 분명히 자신이 되리라고 생각한 벤.

그의 얼굴에 강한 자신감이 비쳤다.

188회. 기업 사냥꾼의 바뀐 방식

인도네시아발 두 건설회사의 유상증자 소식을 들은 민호.

출근하자마자 그 말을 전화로 전달한 권순빈을 찾았다.

"여기 자료 있습니다."

컴퓨터로 보는 것보다 종이로 보는 게 훨씬 집중이 잘 된다.

따라서 아직도 회사에서는 보고서나 기획안을 종이로 출력해서 상관에게 전달했다.

초반에는 이게 적응이 안 돼, 메일이나 '톡'으로 보내겠다던 권순빈도 이제 완연하게 적응한 모습이다.

민호가 들어오자마자 그에게 보고자료를 내미는 걸 보니.

한참을 들여다본 민호의 표정이 심각해졌다.

"이상하군요, 정말."

"그죠? 소장님도 그렇게 생각하시죠? 저도 이번에는 글렌초어의 방식이 아니라서… 좀 뜻밖이었습니다."

고개를 갸웃거리는 민호에게 권순빈이 동조했다.

보통 회사를 인수해서 상장 폐지한 후 투자자를 제한하는 글렌초어의 방식과는 상이하게 이번에는 유상증자를 선택했다.

잘못하면 지배구조가 약해서 다른 투자자들의 먹잇감이 될지도 모르는 일이라서, 그동안 글렌초어가 매우 꺼리는 일이었는데.

"그렇다면 이건 방정구의 단독행동이라고 볼 수 있겠네요."

"아니면 사고 치고 나중에 보고했거나."

추가로 권순빈이 말하자, 민호가 확신하듯이 고개를 끄덕였다.

결국, 미국에 있는 에이스 그룹에서 인도네시아 두 그룹의 유상증자를 허용하지 않았다고 생각할 수밖에 없었다.

아니면…

'설마 기업 사냥꾼의 방식이 바뀌었단 말인가?'

그렇게 생각하던 민호는 마음속으로 살짝 고개를 저었다.

그럴 리가 없었다.

그렇게 바뀌었다면, 다른 쪽의 방식이 다 비슷해야 하는데, 권순빈이 내민 다른 보고서에는 기존의 패턴을 고수하는 게 보였다.

– 칠레산 와인 생산 공장 장악 후 자사 주 매입.

– 수리남 알루미늄 광산 완전 매입.

– 베네수엘라…

어쨌든, 이 자료들을 보니 다시 한 번 찌라시 공장 출신들의 실력이 대단하다는 것을 느꼈다.

“이 자료만 봐서는… 확실히 방정구가 무리수를 둔 거 같은데 말입니다….”

“그렇죠. 그런데 왜 그런 무리수를 두었는지는 잘 모르겠습니다.”

권순빈의 눈에 의문이 섞여 있는 걸 발견한 민호.

곰곰이 생각해보다가 갑자기 눈을 부릅떴다.

어제 전화로 방정구가 실버큐어타운 개발권을 이야기하던 게 머리에 떠올랐다.

그것은 말하자면 일종의 선전포고였다.

글로벌 마트는 홈 마트와 경쟁하고, 알츠하이머 신약 대량 생산을 위해 합작법인을 세웠던 제약에서는 한광 약품으로 응수했다.

이번에는 드디어 건설까지 치고 들어온다는 뜻.

이렇게 되니 방정구와 전반적으로 대립각을 세우게 되었다.

"돈이 없었나 보네요."

"설마요…."

"아뇨. JJ 프로덕션에 지원되는 자금이 한계를 맞이한 게 틀림없습니다."

그렇다면 좋아해야 하는데, 민호의 눈빛에 실망이 감돌았다.

에이스 그룹, 더 나아가 글렌초어를 다 끌어내야 한다.

그래야 잡는 맛이 있었다.

그런데 벌써 한계를 맞다니… 생각보다 방정구는 에이스 그룹의 존슨에게 신임을 받지 못하는 것 같았다.

이렇게 되면 자신의 적수는 절대 아니었다.

그나마 자금력이 있었기에, 승부를 겨뤄볼 만하다고 여겼는데…

"안 되겠네요. 이번에 만나서 좀 자극해 봐야겠어요. 큼지막한 떡밥도 던지고."

자신의 말에 자극을 받아, 모든 걸 투입하는 방정구가 눈에 그려졌다.

그리고 비참하게 패배해서 망가져 가는 모습도.

만약 그렇게 된다면 본진에서 구조가 올지도 모른다.

그때 하나씩 하나씩 밟고 올라서서 글렌초어의 심장부에 비수를 찌르겠다는 목표를 순간적으로 세운 민호.

그의 눈빛에 다시 의욕이 새겨졌다.

그때 그의 전화벨이 울렸다.

케이티였다.

손짓으로 권순빈을 내보낸 뒤에 통화 버튼을 눌렀다.

(민호 씨?)

"네, 말씀하세요."

(줄리엣이 한 번 봤으면 하는데요.)

"줄리엣이요?"

킹 그룹 회장의 딸 줄리엣.

민호는 그녀가 왜 자신과 만나려고 하는지 대충 짐작했다.

지난번 글렌초어를 언급했었기 때문에 궁금했었으리라.

민호 역시 줄리엣을 만나는 것은 새로운 사업 확장에 도움이 된다고 판단했다.

"알겠습니다. 언제쯤 시간을 정할까요?"

(민호 씨 편한 시간에 맞춘대요.)

"그럼 차라리 킹 그룹 회장이 한국에 방문할 때로 할까요?"

(아… 맞아요. 이번 다음 주 월요일에 온다고 했으니까 그게 좋겠네요. 알겠어요. 그렇게 전할게요.)

"네, 그럼 그때 뵙겠습니다."

전화를 끊고 민호의 머리가 다시 세차게 돌아가기 시작했다.

킹 그룹이 내리막길에 있다고는 하지만, 아직 미국에서는 톱 5에 드는 유통 그룹이다.

거기다가 킹 그룹 회장이 말레이시아에 방문한 목적을 그는 눈치채고 있었다.

아시아 시장에서 사업 철수.

킹 그룹의 아시아 시장 지사가 두 군데였는데, 하나가 말레이시아고 다른 하나가 바로 두바이였다.

그렇다면 매각을 위한 움직임인데, 킹 그룹의 아시아 시장 유통망을 흡수하고 싶었다.

문득 두바이에 도착한 종섭이 생각났다.

전화를 들고 그쪽 지사에 바로 연결했다.

"접니다. 김민호."

(응. 무슨 일이야?)

도착한 지 얼마 되지 않아서 자신의 전화를 받았다.

안부 인사를 할 성격이 아니라고 생각했을 것이다.

그래서 바로 본론으로 돌아갔다.

"그쪽에 킹 그룹의 유통망에 대해서 알아봐 주셨으면 해서요."

(킹 그룹? 거기는….)

"예전 A&K에서 계열 분리된 곳이죠. 아시아에 두 군데 지사가 있는데, 현재 그룹 회장이 말레이시아에 가 있답니다. 어쩌면 아시아 시장에서 철수할지도 모른다는 생각이 들었어요."

종섭이 두바이를 선택한 이유는 글로벌의 핵심 사업을 확장하기 위한 것.

맨땅에 헤딩하는 것보다 킹 그룹의 유통망을 흡수한다면, 엄청난 동력을 달게 된다.

자신의 예감이 들었다면 거의 적중한다는 것을 잘 알고 있는 종섭.

당연히 흥분할 수밖에 없었다.

(확…실한 정보지?)

"그냥 예감입니다. 그러나 도전해볼 가치는 있어요. 일단 이쪽에 킹 그룹 회장이 귀국하면 한 번 이야기를 꺼내보려고 합니다. 그러니까 그쪽 킹 그룹 지사 사정 좀 파악해 달라고…."

(알았어. 해볼게.)

"그럼 고생하십시오."

바로 대답을 하는 그의 목소리를 들으며 민호는 미소를 지었다.

능력 있는 사람이었다.

곧 결과물을 얻어낼 거라는 확신이 들었다.

전화를 끊고 회장실로 올라갔다.

지금까지 있었던 일을 박상민 회장에게 보고하기 위해서였다.

이야기를 들은 박상민 회장은 고개를 끄덕이며, 늘 민호를 믿는다는 눈빛으로 바라보았다.

"그나저나 여러 가지 일이 생각보다 더 커지는 거 같아."

"생각보다 더 큰 곳의 회장님이 되시는 거죠. 하하하."

민호의 말에 쓴웃음을 짓는 박상민 회장.

이제 자신이 회사에서 빠져나갈 수 없도록 모든 곳을 미연에 차단당하는 느낌이었다.

어쩔 수 없었다.

이왕 이렇게 된 것…

앞으로 남은 열정을 불살라야겠다며 민호를 보며 미소를 지었다.

민호 역시 그의 미소에 화답하며 눈빛을 빛냈다.

⚜

일주일이 지났다.

드디어 글로벌 푸드의 외식 사업부가 추진하는 새로운 혁명이 탄생했다.

전통 식품 위주로 구성된 한식 뷔페가 한국인의 입맛을 자극하는 메뉴로 압구정동에 첫선을 보인 것이다.

사람들의 반응은 매우 만족, 그 자체였다.

여기에 조희경과 기자들, 파워 블로거 집단이 다시 한 번 활약하며, 맛을 찾는 사람들을 끌어모았다.

당연히 대성공이었다.

며칠 후 민호는 송현우 대표와 함께 이곳을 방문했다.

물론 유미도 함께였다.

이번 한식 뷔페를 계획하고 추진하는 데 그녀는 혁혁한 공로를 세웠다.

거기다가 재권까지 등장했다.

이렇게 모두 모여서 레스토랑에 들어갔을 때, 지점장은 가장 좋은 자리를 그들에게 배치했다.

송현우 대표는 얼굴에 웃음을 한가득 매달며 일어섰다.

"자, 얼마나 맛있는지 한 번 맛을 보자고…."

그의 시선이 줄지어 있는 사람들을 보면 웃지 않을 수 없었다.

벌써 서울에 2호점과 3호점이 '개봉박두'를 기다리고 있었다.

지방 도시들도 한창 공사를 하는 중이었다.

전국에 글로벌 푸드의 외식을 알릴 준비가 다 된 상태.

송현우가 좋아하지 않을 수 없었다.

피부로 오는 반응 자체가 남달랐으니까.

민호 역시 마찬가지로 기분이 좋았다.

아내인 유미가 계획한 사업이 잘되고 있는데 표정 관리를 할 이유가 없었다.

거기다가 맛깔스럽게 놓인 음식이 그의 식탐을 자극하고 있었다.

"뭘 먹어야 해?"

같이 나온 유미에게 물었다.

그녀는 미소를 지으며 이렇게 말했다.

"다 맛있어."

"그럴 거 같아. 그런데 이 음식들… 어디서 다 본 거 같아."

"구의 시장."

"아… 맞다."

민호는 고개를 끄덕이며 다시 한 번 음식을 보았다.

그의 눈에 띈 것은 제육 볶음.

그런데 자세히 보니 그 위에 작은 푯말이 붙어 있었다.

– 이 제육 볶음의 원조는 구의 시장의 '맛있는 제육' 입니다.

민호의 눈에 이채가 서렸다.

이것은 도의를 지키는 일이었다.

전통 시장의 맛을 되살리는 것과 동시에 푯말에 나와 있는 '원조' 를 홍보까지 책임져 주고 있으니 말이다.

나쁘지 않았다.

따뜻한 마음을 가진 유미, 그녀를 아내로 두었다는 게 다시 한 번 자랑스러워지는 순간이었다.

시선을 돌려서 다시 한 번 유미를 바라보았다.

자연스럽게 자신의 입에서 미소가 감도는 게 느껴졌다.

그때 그의 눈에 이채가 서렸다.

레스토랑을 들어오는 종로 큰손이 눈에 띈 것이다.

"어? 어르신?"

"장인어른!"

종로 큰손이 레스토랑 앞에 들어온 것을 민호가 먼저 발견했고, 그다음에 재권이 목소리를 높였다.

종로 큰손은 고개를 끄덕이며 여전히 종로 큰손의 곁을 지키는 이우혁에게 나직하게 무언가를 속삭였다.

이우혁은 몇 걸음 다가오며 민호와 재권 앞에 서서 조곤조곤 말했다.

"사위 빽 좀 쓰게 해달랍니다. 줄 서기 싫다고."

"……."

"당연하죠. 여기요!"

민호는 말없이 웃었고, 재권은 재빨리 종로 큰손의 팔을 붙잡고 왔다.

그 팔을 살짝 뿌리치며 자리에 앉은 종로 큰손.

"몸은 불편한 데 없는데, 왜 이래?"

"아, 네, 네."

쩔쩔매는 재권의 모습에 민호는 다시 한 번 웃었다.

그러다가 자신과 눈이 마주친 종로 큰손.

그의 눈빛에서 무언가 할 이야기가 있다는 것을 알아챘다.

잠시 송현우 대표에게 양해를 구하며 자리를 옮겼다.

"뭐 하실 말씀이라도 있으세요?"

"아니. 없어. 그리고 재권이는 먹던 거 먹어라."

없다는 말과 함께 재권을 시야에서 없애려고 했다.

이건 아마도 민호에게 할 말이 있다는 의미였다.

재권은 어정쩡한 표정으로 그의 곁을 떠났고, 종로 큰손은 여전히 눈빛만 민호에게 보냈다.

그러자 민호가 어깨를 으쓱거리며 말했다.

"있으신 거 같은데요."

"없다니까. 없어. 그냥… 없어."

분명히 눈동자에는 할 말이 있다고 새겨졌는데, 종로 큰손은 없다고 부정하고 있었다.

한편으로는 민호가 제발 알아채 달라는 열망이 보였다.

그래서 민호는 미소를 지으며 종로 큰손에게 말했다.

"결정하셨습니까? 과천 땅 얼마에 파실지?"

189회. 옛 추억 팔이

지난번 과천 개발에 대해서 민호가 말했을 때, 종로 큰손은 흡족한 미소를 지었었다.

하지만 그는 전형적으로 돈 냄새를 잘 맡는 사람이다.

당시 민호에게 가격을 불러보라고 했고, 민호는 적절한 가격을 말했었는데, 잠시 생각해본다며 시간을 둔 것이다.

그래서 오늘 찾아온 게 드디어 팔 결심한 것으로 판단한 민호가 물었는데…

"생각해봤는데, 평당 50은 받아야…."

"헐…."

그의 말이 끝나기도 전에 민호의 입에서 어이없다는 감탄사가 흘러나왔다.

말도 안 되는 액수.

그 이유는 다음에 이어지는 민호의 말 때문이었다.

"그 땅 평당 15만 원에 후려쳐서 산 거잖아요."

"난 원래 열 배 장사하거든. 많이 봐준 거야. 세 배 정도밖에 안 되니까."

"정말 이러실 거예요? 어르신 사위 회사입니다."

"그러니까. 그래서 내가 좀 손해 본다는 거야. 그리고 돈 거래에 사위 장인이 어디 있어? 이건 사업이야."

그래서 재권을 이 자리에 끼지 못하게 하는 것 같았다.

자신이 가격을 부르면 무조건 '네, 네.' 할 게 분명하니까.

말은 그렇게 해놓고 분명히 다시 민호에게 협상해보라고 넘길 것이다.

그 과정이 눈에 선해서 차라리 다이렉트로 민호와 협상하는 게 나을 거라고 확신한 종로 큰손.

그런데 역시 민호는 녹록지 않았다.

"전 20만 원 생각했습니다."

"날도둑놈일세! 그 가격에는 절대 안…."

"대신! 소개팅시켜드리겠습니다."

"…돼…?"

사업 이야기하다가 웬 황당한 이야기를 꺼내는가.

종로 큰손의 눈에 물음표가 새겨졌다.

"킹 그룹 회장의 어머니!"

"……!"

이번에는 느낌표였다.

그리고 옆에서 웃고 있던 이우혁이 한 마디 건넸다.

"잘됐네요. 요즘 자꾸 이복순 씨 이야기를 하십니다. 만나고 싶으신지…."

"내가 언제? 내가 언제?"

이우혁이 웃으면서 민호에게 말하자, 종로 큰손은 살짝 언성을 높였다.

완전히 떼쓰다가 들킨 애가 따로 없었다.

문제는 민호가 이복순이라는 사람을 전혀 모른다는 것이다.

"이복순 씨가 누구시죠?"

"누구긴 누구야? 그 킹 그룹 주인장 엄마지."

"아아…."

종로 큰손이 바로 반응하자, 이제야 알겠다는 듯이 민호의 고개가 아래위로 끄덕였다.

그러면서 만면에 미소가 깔렸다.

그때 종로 큰손은 재빨리 일어섰다.

화제가 그쪽으로 가는 걸 원하지 않아 보였다.

음식을 가지러 가는 약간 굽은 등에는 절대 가격 협상은 없다고 쓰여 있었다.

그 모습을 보면서 민호의 머리에 며칠 후 만날 킹 그룹 회장이 떠올랐다.

민호는 킹 그룹 회장 어머니도 도착했다는 이야기까지 들은 상태.

민호는 킹 그룹 회장에게 그녀의 어머니가 머물 집을 마련해주겠다며, 실버큐어타운을 언급했다.

그리고 이제.

종로 큰손과 땅값 협상 카드로 이복순을 꺼내야겠다는 생각이 들었다.

잠시 후 종로 큰손이 음식을 가지고 와서 옆에 앉자, 민호는 줄리엣에게 전화를 걸었다.

"줄리엣?"

살짝 옆을 보니 종로 큰손은 신경을 쓰지 않는 척 귀를 기울이고 있었다.

"혹시 할머니도 그때 모시고 나올 수 있어요?"

(네, 가능하죠.)

"약속 장소를 바꿀게요."

(아, 어디로요?)

"과천이요. 케이티한테도 말해 놓을 테니까… 그때 봐요."

전화를 끊고 난 후 종로 큰손을 볼 민호.

먹긴 먹지만 무언가 딱 봐도 대단히 궁금해하는 것 같았다.

예전에 이복순이 종로 큰손을 마음에 두고 있었다는 이야기를 강성희에게서 들었다.

민호는 남자란 동물을 잘 알고 있었다.

만약 임자가 없는 몸이라면, 자신에게 한때 관심 있던 사람을 다시 보고 싶은 게 남자였다.

종로 큰손 역시 마찬가지일 듯.

더구나 방금 민호가 통화하면서 잔뜩 그의 호기심을 자극하지 않았는가.

"내일모레 글피! 과천이라…."

"……."

혼잣말인 척 되뇌며 슬쩍 옆을 보니 종로 큰손이 먹던 음식을 씹지 않는 게 보였다.

귀를 기울이는 것이리라.

웃으며 민호가 이렇게 말했다.

"이 비서님께 시간과 장소는 알려드릴게요."

"아, 맛있다."

그 말에 딴청을 부리는 종로 큰손.

들었으면서 듣지 않은 척, 표정은 변화가 없었다.

하지만 그 얼굴이 이복순 할머니를 만나고도 계속 이어질까?

⚜

그럴 리가 없었다.

며칠 후에 역시나 종로 큰손은 주름진 얼굴에 웃음을 가득 담으며 이복순과 상봉했다.

"이…게 몇 년 만이야? 응?"

"아유, 그러게요."

과천의 한 식당.

손을 맞잡은 두 노인은 민호와 킹 그룹 회장이 있다는 사실조차 있고 눈으로 과거를 회상하는 것 같았다.

민호의 얼굴에 흐뭇한 웃음이 깔렸다.

시선을 돌렸을 때, 킹 그룹 회장, 제이미의 얼굴에도 마찬가지.

그래서 이때다 싶어 얼른 입을 열었다.

"일단 저쪽에…."

민호는 손가락으로 서쪽을 가리켰다.

자연스럽게 제이미의 시선이 그쪽으로 이동했고…

"실버큐어타운이 건설될 예정입니다. 아마 세계에서 유일한 노인 복지 타운이라고 보시면 될 겁니다. 특히, 메디컬 부분에서는 장담합니다. 건강하게 노후를 즐기실 수 있을 거라고. 그것도 같은 또래의 말이 통하는! 많은 말동무와 함께요."

끄덕끄덕.

그녀는 민호의 말을 듣고 고개를 끄덕였다.

무척 매혹적인 계획이었다.

늘 고국에서 마무리하고 싶다는 그녀의 어머니.

이제야 쉴 곳을 찾았다는 얼굴로 민호에게 말했다.

"어머니의 뜻에 따르겠어요. 그런데 공사는 언제부터

시작하죠?"

"아직 한 가지 아직 조율되지 않은 부분이 있어서… "

"그게 뭐죠?"

옆에서 가만히 듣고 있는 종로 큰손.

그리고 뒤에서 민호와 제이미의 대화를 통역해주는 이우혁.

잠시 민호가 말을 멈추고 그 둘을 바라보았다.

종로 큰손과 이우혁은 그의 눈빛을 보며 느꼈다.

한 가지 조율되지 않은 게 바로 땅값이라는 것을.

역시 영악한 녀석이다.

다음 말을 하는 것을 보면 여우가 환생한 듯싶었다.

전형적인 '추억 팔이' 였다.

자신의 감성을 건드리면서, 땅값을 조율하려는 게 틀림없었다.

거기다가 이 녀석은 일거양득을 노리고 있었다.

안성을 떠나 과천으로 자신을 옮기려는.

문제는 자신의 마음이 움직여진다는 것이다.

자꾸 저 녀석의 목소리가 귀에 쏙쏙 들어왔다.

"땅값이 좀 비싸서요. 그러나 오늘 보니까 잘 해결될 것도 같습니다."

"잘 해결되긴 뭐가 잘 해결…."

성질을 돋우는 민호의 말.

이우혁의 통역을 듣자마자 종로 큰손의 목소리가 살짝

커졌지만, 자신의 손을 잡은 이복순과 시선이 마주치자 그만…

"해야지. 그럼. 험, 험."

"아… 정말요? 그럼 여기서 쇼부 보는 겁니다."

"……."

종로 큰손의 얼굴은 붉으락푸르락 변했고, 민호의 얼굴에는 미소가 솟아났다.

느물느물 여유 있는 목소리로 심지어 계약서까지 꺼내 들었다.

"뭐… 뭐야?"

"미리 준비해 놨습니다. 땅값은 평당 25만 원. 저번에 20만 원으로 상의했는데, 제가 또 어르신 생각을 해서 5만 원 정도 높였어요. 그거 설득하느라… 회장님한테 꾸지람 들었습니다. 공과 사는 구분해야 한다면서."

"허…."

"거기다가 앞으로 투자해야 할 목록을 벌써 이 비서님께 전달했어요."

민호는 이우혁과 눈을 마주쳤다.

이우혁도 민호와 비슷한 미소를 짓고 있었다.

사실 그는 전적으로 실버큐어타운에 찬성하는 사람이다.

민호에게 이미 설득당한 지 오래였다.

종로 큰손이 여생을 제정신으로 오래오래 살게 하고 싶었다.

더구나 지금 이 거래는 밑지는 장사가 아니었다.

민호가 주는 투자목록에는 실버큐어타운, 제약, 거기다가 지금 앞에 앉아 있는 킹 그룹의 아시아 물류센터 프로젝트가 들어 있었다.

이우혁의 생각이 종로 큰손에게 전달되었는가.

종로 큰손은 인상을 찌푸렸지만, 계약서에 사인하고 말았다.

"에이, 이제는 믿을 놈 하나도 없어."

"절대 후회하지 않으실 거라니까요. 하하하, 그리고…."

민호는 이제 종로 큰손을 바라보던 눈을 앞에 앉은 킹 그룹 회장, 제이미에게 옮겼다.

그러면서 하는 말.

"이제 비즈니스 이야기를 했으면 좋겠습니다."

제이미는 민호의 그 말에 고개를 끄덕였다.

이미 말레이시아와 두바이의 국제 물류센터를 함께 묶어서 인수제안을 한 사람이 바로 앞에 앉아 있는 민호였다.

외부인이 있는 자리에서 그 이야기를 계속 진행할 수 없는 법.

식사를 조용히 마치고 나서 둘은 따로 MVP 호텔로 향했다.

물론 떠나기 전에 민호는 종로 큰손에게 눈빛 한 번 보내는 것을 잊지 않았다.

'좋은 결정 하신 겁니다. 그리고 좋은 시간 보내세요.'

종로 큰손은 그 눈빛을 보며 살짝 얼굴에 인상을 그려넣었다.

그때 앞에서 이복순이 눈에 그렁그렁 눈물을 매달며 이렇게 말했다.

"오빠… 이제 자주 만나고 살아요. 우리 나이에 자식이고 뭐고… 말동무가 최고 아니에요?"

"그… 그래야지. 허허허."

생각보다 더 곱게 늙은 그녀.

머릿속에 민호에 대한 고마움과 얄미움이 교차하고 있었다.

⚜

킹 그룹 회장에게 두 곳의 국제 물류센터를 좋은 가격으로 협상을 완료한 민호.

모든 거래가 끝나고 그녀를 보낸 후, 그는 화장실로 들어갔다.

거기서 밤색 피부의 뒤통수를 보며 바로 옆에 섰다.

그런데…

"헛…."

그의 귀에 헛바람이 들렸다.

옆으로 시선을 돌려보니 예전에 봤던 기억의 얼굴 하나가 자신을 바라보고 있었다.

"어?"

"다… 당신은?"

상대는 재빨리 무언가(?)를 옷 안으로 집어넣고 지퍼를 올렸다.

그에게는 민호가 과히 좋은 기억일 수가 없었다.

반면, 민호는 재빨리 그의 이름을 머리에서 떠올렸다.

지금 이 장면이 꽤 익숙했다.

예전에 스위스에서 그에게 'I am a Korean!' 이라고 당당히 말했던 기억이 새록새록 새겨져 나왔다.

그는 바로…

"질드레?"

였다.

"여… 여기서 우연히 보는군요."

"그러게요. 하하…."

대화는 그게 끝이었다.

이런 환경에서의 조우, 매우 어색할 수밖에 없었다.

정말 우연한 일치도 다 있다고 생각하며 민호는 회사로 복귀했다.

그런데 우연이 아닐 것 같았다.

곰곰이 생각하던 민호의 머리에 갑자기 떠오른 생각.

방정구와 그가 인수한 한광 약품이 스쳐 지나가고 있었다.

스위스에 있는 모슈 제약회사에서 연구원을 빼 올 수 있다는 점.

모슈 제약회사는 글로벌과 제휴관계에 있고, 현재 알츠하이머 신약을 공동으로 판매하고 있는 곳이다.

따지고 보면 같은 편이나 마찬가지.

더구나 그곳의 연구진들이 다른 곳으로 넘어가지 않는 게 꽤 중요하다고 판단했다.

일단 확인해봐야 하는 일.

민호는 바로 스위스의 모슈쪽으로 연락을 취했다.

예전 재권과 함께 스위스에 방문했을 때 만났던 총괄 매니저 요십 드르미치.

잠시 후 한국에서 신약을 자체생산해야 한다는 말을 전달하기 위해서 언젠가는 통화해야 할 그 사람이 전화를 받았다.

(여보세요?)

"오랜만입니다. 김민홉니다."

(아아… 미스터 김. 오랜만이에요.)

민호는 신변잡기로 오래 전화를 붙들 생각이 없었다.

그렇다고 그쪽의 연구원이 나갔는지에 대해서 바로 물어보는 것은 실례에 해당했다.

그래서 머리를 써서 찔러보는 쪽을 선택했다.

"지난번에 말씀드렸지만, 이제 신약을 한국에서도 생산해야 할 것 같습니다."

190회. 무엇을 노리는가?

어차피 업무 제휴 협의문에서 글로벌이 원할 때면 언제든지 한국에서 제약 제조를 할 수 있다고 명문화되었기에 큰 문제는 없었다.

다만 요십은 민호에게 '어떻게' 신약을 제조할 건지가 상당히 궁금했던 모양이다.

(일반적인 공식을 안다고 해도 숙련된 연구원들이 있어야 합니다. 그렇지 않으면 같은 성분의 약이라도 부작용의 확률이 높아지니까요.)

"알고 있습니다. 그래서 죄송한 말씀이지만, 당장 시작한다는 건 아니고 연구진 몇 명을 소개받고 나서 추진하려고 합니다."

물론 최민식이 있으니 큰 문제는 없었다.

기술은 확보되었는데, 특허가 문제였으니 사실 시동만 걸면 약은 쭉쭉 뽑아낼 수 있었다.

민호가 연구진을 말한 이유는 한 번 찔러보기 위해서다.

괜히 보내준 연구진이 최민식이 연구한 자료를 뽑아가는 건 바람직한 일도 아니다.

(아… 그건….)

역시나 난색을 보였다.

민호는 한 번 틈을 보자 계속 공격에 들어갔다.

"연구진의 지원은 약 3개월간 가능하도록 지난번에 업무 협약서에 기록했지 않습니까? 일단 파견 근무 형식으로 기술 이전을 해주십시오."

(그게… 쉽지는 않을 것 같습니다.)

"그게 무슨 말씀이십니까? 설마 업무 협약을 위반하시겠다는 건가요?"

(아니요. 절대 아닙니다. 제 말은 바로는 불가능할 것 같습니다. 이쪽의 연구진 중 몇 명이 얼마 전에 그만두었습니다. 현재 다방면으로 연구진을 뽑고 있는데… 인적 구성이 다 완료되어야 파견이 가능할 거 같습니다.)

민호의 눈에 드디어 궁금증이 풀렸다는 빛이 솟아나왔다.

지난번 모슈에서 성혜 제약 연구팀을 스카우트하려는 이유가 바로 여기에 있었구나!

최민식도 그 대상 중 한 명이었고.

지금 발등에 불이 떨어진 쪽은 어쩌면 모슈일지도 몰랐다.

어쨌든, 업무 협약에 따르면 연구진을 보내는 시기는 '상호 합의' 라고 쓰여있었다.

민호는 그에게 더 요구하지 않고 전화를 끊었다.

톡. 톡. 톡.

그는 책상 위를 집게손가락으로 두드리며 가만히 생각해 보았다.

아귀가 점점 맞아떨어져 가고 있었다.

제약 회사로서는 스위스에서 1, 2위를 다투는 모슈.

연구팀 대우가 대단하다던데, 그곳을 그만두었다.

얼마를 안겨주었기에?

아마 어마어마한 스카우트 비용이 들었을 것이다.

돈에는 장사가 없다는 말이 들어맞는가.

어쩌면 방정구가 그 연구원들을 빼 오기 위해서 그들을 그만두게 했을지도 모르는 일.

그는 다시 내선으로 강성희를 호출했다.

"부르셨어요?"

"모슈에서 연구진들이 빠져나갔더군요."

"그럼…."

"한국으로 귀국했는지 알아볼 수 있을까요? 아마 그중에 질드레는 과천에 MVP 호텔에 있을 겁니다."

질드레는 민호가 스위스의 모슈를 들렀을 때 잠시 스쳐 지나갔던 밤색 피부의 사나이였다.

당시 화장실에서 뜻깊은(?) 첫 만남으로 그에게 한국인의 기상을 알렸던 민호.

오늘도 우연한 만남이 있었고, 민호는 확신했다.

그를 방정구가 데리고 왔다는 것을.

그 밖에 다른 연구원들의 행방이 궁금했다.

"있네요. 들어와 있어요. 한국에. 과천에 있는 MVP 호텔 숙박 기록을 접속해서 알아냈습니다. 말씀하신 질드레 말고도 일곱 명이 더 숙박하고 있었습니다."

강성희는 잠시 후 다시 들어와서 보고한 내용을 듣고 민호는 이제 확신 단계로 접어들었다.

'글로벌뿐만이 아니다. 글렌초어의 다음 타겟은 모슈로구나.'

방정구가 글로벌을 노린다는 것은 지난번에 확실히 깨달았다.

그런데 모슈의 연구원을 빼 와서 동일 제품을 2년 반 후에 출시할 생각이다?

그동안 세계적으로 잠식해온 여러 그룹 중에 이런 방식으로 기업을 사냥한 글렌초어의 방식과 일치했다.

그는 재빨리 회의를 소집했다.

갑작스럽게 소집된 회의에 경제연구소의 구성원들은 궁금증이 가득한 눈빛을 보였다.

원래는 매주 월요일에 정기 회의가 있었고, 최근에는 이렇게 회의를 소집하지 않았던 것이다.

그들의 의문을 빨리 풀어줄 목적인지, 다 모인 후 바로 민호가 용건을 꺼냈다.

"JJ 사모펀드에서 모슈의 연구원을 빼갔습니다. 지금까지 글렌초어의 하부조직들을 보면, 상대방의 영역은 건드리지 않았는데… 대단히 뜻밖의 일이 벌어졌네요."

스위스에 있는 글렌초어 본사.

미국에 있는 에이스 그룹.

각 대륙에 있는 하부 조직들.

이들은 서로의 영역을 침범하지 않았다.

여기 모인 이들은 매주 분석하고 의견을 교환했다.

그래서 월요일 회의에 하부 조직 간에 일종의 불가침 조약 비슷한 걸로 결론을 맺었는데, 의외의 일이 발생했다.

이상한 일이었기에 권순빈이 의아하다는 듯이 말했다.

"최근 에이스 그룹이 꽤 잘나갑니다. 아메리카와 아시아만 해도 상당한 수익을 올렸어요. 설마 그렇다고 유럽을 노리는 걸까요? 거기에는 글렌초어 본사가 터를 닦아놓은 곳인데?"

"그렇죠. 바로 그겁니다. 전 그럴 수 있다고 봅니다. 사실 스위스에 있는 글렌초어 본사는 요즘 힘을 쓰지 못하고 있거든요. 전반적으로 유럽의 경제 상황이 좋지 못해서요."

"그렇다면?"

"에이스가 머리가 되려고 하는 것 같습니다."

결국, 바로 이거였다.

민호가 느끼고 있는 부분이.

글렌초어라는 거대한 곳에서 내분이 생긴다면?

"그렇다면… 이용해야죠. 내분이 더 심해지도록."

어떻게?

사람들의 눈은 물어보고 있었다.

"지금부터 연구해봅시다. 회의는 매주 한 번 더 늘리겠습니다. 월요일과 금요일로."

"……."

"권순빈 씨는 남아메리카와 아시아 말고 에이스 그룹의 하부조직이 더 있는지 계속 조사해주시고…."

"네, 대장."

"강성희 씨는 글렌초어의 영향력이 유럽과 아프리카에서 얼마나 약화하고 있는지 계속 추적해주세요."

"알겠어요."

지시는 쉬웠지만, 이것을 해가기 위해서는 정말 손이 부족했다.

이 때문에 요즘은 강성희와 다른 두 멤버가 종로에 찌라시 공장과 협업하고 있었다.

또한, 경제 연구소의 일 자체도 매우 많았기에 분명히 증원이 필요한 상황이었다.

따라서 민호는 차원목 과장에게는 인력 충원을 위해 사람을 선별해달라고 부탁했다.

잠시 후 차원목이 가지고 온 인사 기록부를 보고 민호는 깜짝 놀랐다.

모두 다 민호가 아는 사람들이었다.

"구인기 차장, 김아영 대리, 조정환, 송연아…."

그들 모두 민호가 유통본부에 있을 때 같이 일했던 사람이었다.

"유통본부에서 이 사람들을 다 빼 오라고요?"

"최근에 유통본부가 더 확장되면서 많은 인재가 들어갔습니다. 그분들이 빠져나오더라고 큰 문제는 없을 것 같습니다."

민호는 고개를 끄덕였다.

차원목은 인사팀에 있었던 사람이다.

그가 유통본부에 인재가 들어갔다고 말한다면 사실일 가능성이 매우 높았다.

거기다가…

"그 사람들의 잠재력을 최대한 끌어낼 수 있는 분은 바로 소장님이십니다."

민호의 귀에 사탕발림 같은 소리였지만, 인정할 수밖에 없었다.

다음 날 민호가 재권에게 협조를 요청하러 갔을 때, 더 확실히 알았다.

"이야… 네 명이나 빼가는 거야?"

"곧 신입 사원도 뽑고… 최근에 유통 본부에 인재들이 넘쳐난다는 소문이 들어서."

"하하하. 별소리를 다 듣겠네."

재권이 웃는 걸 보니 여유가 느껴졌다.

예전과는 확실히 달랐다.

민호가 간간이 손이 모자란다면서 조정환이라도 데리고 가겠다고 했을 때, 탐탁지 않았던 표정을 지었던 몇 개월 전과는 확실히 상황이 달라졌다.

"하긴 그 사람들도 내심 네 밑으로 다시 가고 싶어하는 것 같더라."

"네? 그런 말을 했습니까?"

"회식 때… 술 마시면 진심이 나오잖아. 예전이 좋았다는 둥, 김민호 소장 밑에 있으면 숨 돌릴 틈은 없지만, 공을 세울 수 있다는 둥…."

"그랬군요."

고개를 끄덕이는 민호.

그 이야기를 들으니 더 확실히 자신이 그들을 원하고 있다는 것을 깨달았다.

그들 또한 원하고 있다니 다행이었다.

그래서 웃으며 하는 말.

"확실히 저를 잘 아네요. 이번에 데리고 가면 숨돌릴 틈이 없을 겁니다."

⚜

더위가 많이 꺾인 9월.

이제 뜨거웠던 여름이 지나가는 소리가 사람들에게 외치고 있었다.

천고마비의 계절을 준비하라고.

여유를 가지고 책을 읽으며 독서 삼매경에 빠질만한 가을이 다가오는데…

경제연구소에는 오늘부터 바쁠 예정인 사람들이 와 있었다.

왕 점의 구인기, 네모돌이 조정환, 동글동글 송연아가 드디어 경제연구소에 입성했다.

김아영은 현재 미국 출장 중이라 복귀 후에 합류하기로 한 상황.

대표로 구인기가 민호 앞에서 고개를 숙였다.

"저 왔습니다. 김 소장님."

다른 두 사람도 그와 마찬가지로 고개를 숙이며 예의를 표시했다.

"잘 오셨습니다."

민호는 그들을 환영하면서 경제연구소의 구성원들에게 소개하기 시작했다.

한꺼번에 사람이 늘었다.

당연히 민호는 그들을 편안하게 할 생각이 없었고, 바로 일을 주기 시작했다.

“구 차장님이 인맥 좀 활용하셔야겠습니다. 인터넷 쇼핑몰에 필요한 택배회사 쪽 알아봐 주십시오.”

“네, 소장님.”

“동시에, 조정환 씨가 자체 택배 시스템을 기획해 봐.”

“네?”

택배 회사를 알아보라는 것과 함께 전달된 지시에 조정환이 눈을 크게 떴다.

자체 택배 시스템이라.

아마도 택배 자회사를 이야기하는 것이리라.

처음부터 큰 프로젝트를 맡겼다.

이게 바로 경제연구소에서 하는 일인 건가?

잠시 망설이는 사이에 민호는 한 번 더 그에게 확인했다.

“할 수 있지?”

“아… 네. 알 수 있습니다.”

“일주일 줄게.”

“헛….”

역시 빡셌다. 예상했지만, 신 나게 구를 것 같았다.

민호는 땀을 흘리는 그에게서 바로 송연아에게 시선을 넘겼다.

“송연아 씨는 1기 신도시의 재개발 사업을 예측해서 보고서 작성해주세요.”

“네, 소장님.”

민호의 말에 낭랑하게 대답하는 송연아와 아직 정신이 멍한 채 서 있는 조정환.

그의 귀에 신도시 재개발 이야기가 들어왔을 때, 다시 민호를 볼 수밖에 없었다.

1기 신도시 재개발도 노리는 모양이다.

글로벌 건설에게 토스 해 줄 게 확실했는데…

"아, 조정환 씨는 지금 여기서 나온 이야기 조 대표님 귀에 들어가면 안 됩니다. 확정되기 전까지."

"아… 네. 알겠습니다."

이번에는 보안을 강조했다.

조 대표와 부자지간인 그가 이 사실을 미리 알리지 않는 게 더 좋다고 판단한 민호였다.

이렇게 그들에게 일을 지시한 후 그는 성큼성큼 큰 걸음으로 이동했다.

이동한 곳은 리모델링이 완전히 끝난 연구실.

그곳으로 들어가자 흰 가운의 연구진들이 연구에 집중하고 있었다.

그들을 진두지휘하고 있는 이가 바로 최민식.

민호는 성혜 그룹의 이용근에게 현재 시판되어 나오는 알츠하이머 신약(갓 넘버 세븐틴) 제조에만 도움을 줄 뿐, 좀 더 나은 신약 개발은 협조할 생각이 없다고 분명히 밝혔다.

그래서 최민식은 7월과 8월에 잠시 그곳에 가서 그 신약 제조에 대해 조언을 했을 뿐, 현재는 갈 일이 없었다.

갓 넘버 세븐틴은 현재 시험 생산 가동 중이며, 스위스에서 제조된 것과 비교 분석하고 있는 상황.

이번 달에 이곳에서 제조한 약을 스위스에 보내서 판매에 적합한지 최종 승인만 받으면 만사 오케이, 드디어 한국에서 제조한 첫 신약이 판매할 수 있는 환경을 갖추게 되는 것이다.

그런데 오늘 아침 최민식이 민호에게 흥분한 목소리로 이야기한 것이.

– 소장님, 유레카! 유레카입니다.

유레카. 뭔가 획기적인 발견을 한 모양이었다.

궁금했지만, 일단 새로 온 경제연구소 구성원들에게 일을 지시해야겠기에 그것을 마치고 지금 이쪽으로 이동했다.

그리고 그의 눈에 최민식과 윤종환 교수가 그에게 보여줄 그 무언가(?)를 준비하며 기다리고 있는 모습이 눈에 띄었다.

민호를 먼저 발견한 최민식이 다가와 말했다.

"오셨군요."

아직도 그의 목소리에 흥분이 담겨있었다.

민호는 혹시 지금 개발하고 있는 갓 넘버 나인틴보다 더 업그레이드된 약이 아닐까 예상하고 이렇게 물었다.

"혹시 갓 넘버 트웬티… 이런 거 말씀하시려고 하는 겁니까? 알츠하이머 치료제가 훨씬 업그레이드되었다는 거죠?"

"아닙니다."

아니다? 그럼 뭘까? 민호의 눈에 호기심이 가득 담겼다.

191회. 부루마불

민호는 호기심을 빨리 해결해달라는 눈빛을 보냈고, 최민석이 아닌 윤종환 교수가 웃으며 그 해답을 내뱉었다.

"소가 뒷걸음질치다 쥐를 잡아버렸어."

"네?"

"원래는 알츠하이머를 목표로 정신병 치료제 테파코트와 임백알의 요소를 추출…."

윤종환은 잠시 말을 중단했다.

생각해보니 비전문가에게 어려운 말로 설명하려고 했었다.

그래서 잠시 순화할 말을 골라서 다시 설명을 이어갔다.

"두 가지 약의 성분을 분석하고, 부작용으로 알려진 당뇨 증상 악화 성분을 제거한 후에 알츠하이머에 접목해보려고 했었거든. 그런데 민식이가 갑자기… '교수님, 이거 정신병약이 더 좋아지겠는데요?' 라고 말하는 거야."

"그때 생각했죠. 차라리 이참에 부작용을 제거하고 실험쥐에 투여해 보자고. 그랬더니 한 달 전에 투여된 실험 쥐에 효과가 있는 걸 발견했어요."

최민식이 약간 흥분한 상태에서 윤종환의 말을 받았다.

뭔지는 모르겠지만, 어쨌든 유레카라는 말뜻을 이해한 민호.

"아니, 다른 제약회사는 이 부작용을 왜 제거하지 못했죠."

"그건 우리만의 독특한 기술 때문이라네. 어쨌든 이 정신병 치료제는 바로 임상시험에 들어갈 예정이네."

"좋습니다. 그런데… 연구하시던 갓 넘버 에이틴은 잘 돼 가는 겁니까?"

"그 또한 탄력을 받았지. 어쨌든 안정성과 효능을 높이는 것은 나쁘지 않으니까. 아마 곧 좋은 소식이 있을 거야."

확신감을 가지고 한 말에 민호가 고개를 끄덕였다.

윤종환 교수는 이 연구팀에서 최민식과 함께 공동팀장을 맡았다.

옛 제자의 어머니가 알츠하이머로 고생한다는 이야기를 들은 윤종환은 남의 일 같지가 않았다.

그의 아내 역시 요즘 옛일을 종종 잊고 있는데, 이게 바로 알츠하이머 초기 증상이었기 때문이다.

당연히 윤종환 교수도 최선을 다할 수밖에 없었다.

이렇게 둘을 중심으로 하는 연구팀이 시너지 효과를 내고 있는 모습에 기분이 좋아졌다.

“정말 보기 좋습니다. 사제지간이 서로 도우면서 연구하는 모습이. 그래서 이렇게 좋은 성과가 있는 거 같습니다.”

민호의 그 말에 윤종환 교수가 살짝 웃음을 지으며 말했다.

“난 이제 늙어서 큰 도움이 안 될 줄 알았어.”

“아이고, 왜 그러십니까? 아직 제가 배울 게 많습니다.”

최민식이 겸손을 보여주는 것인지 바로 그 말을 가로채며 얼굴을 붉혔다.

그러자 제자의 그 모습이 재미있었던지 계속해서 말을 잇는 윤종환.

“아냐, 아냐. 겸손도 지나치면 교만이 되는 법. 청출어람이라는 말을 요즘 뜻깊게 새기고 있어.”

“자꾸 그런 말씀… 듣기 민망합니다, 교수님.”

진짜 민망한지 최민식은 재빨리 화제를 돌리려고 시도했다.

민호를 보며 살짝 고개를 숙였다.

"정말 감사합니다. 저희 어머니… 그렇게까지 신경 써주실 줄 몰랐습니다."

"당연히 그렇게 해야죠. 그리고…."

지난번에 민호는 최민식의 어머니를 과천의 전원주택으로 옮기고 상시 요양보호사를 고용했다.

그것에 대한 감사 인사를 또 한 번 받은 것인데, 최민식이 쑥스러움에 화제를 돌리려 한다는 것을 알고 미소를 지으며 말을 이었다.

"이런 노력이 곧 결과로 나타났으면 좋겠습니다."

⚜

바로 그날.

퇴근 시간을 맞이해서 민호는 천천히 주차장으로 내려갔다.

취이익 차에 시동을 걸자, 그가 요즘 듣고 있는 G 선상의 아리아가 카 오디오에서 흘러나왔다.

마음을 진정시키는 데는 클래식이 최고였다.

드디어 삼자대면의 시간이 다가온 오늘이다.

어제 방정구에게 통보했고, 안재현에게 다시 양해를 받았다.

더더욱 G 선상의 아리아가 그의 들뜬 마음을 가라앉히고 있었다.

그렇지만 방정구와 안재현의 얼굴이 떠오르는 것을 막을 수는 없었다.

둘이 만나서 서로 어떤 표정을 지을까 매우 궁금했다. 또 하나 오늘 민호가 해야 하는 것.

방정구에게 미끼와 떡밥을 잔뜩 투척하는 일이었다.

많은 걸 던져주고 자신이 원하는 대로 그를 전장에 이끌어야 한다.

그래야 글렌초어를 흔들어놓을 수 있다고 여겼다.

큰 댐은 작은 틈으로 부서질 수 있었다.

방정구라는 작은 틈이 과연 오늘 움직여질지 모르겠다.

승부수를 던질 그 시간이 다가오고 있는 가운데 드디어 성혜 그룹의 주차장에 도착했다.

엘리베이터에서 내려 예전에 장기를 두었던 곳까지 가는 걸음에는 묘한 흥분감이 자리했다.

두근 두근 두근.

원래 긴장을 하지 않은 성격인데, 먹잇감의 크기가 작지 않아서 그런지 심장이 살짝 요동쳤다.

문고리를 잡았을 때 가장 심했는데, 오히려 문을 열고 나니 다시 편안해진 마음.

안에는 이미 방정구가 대기하고 있었다.

일부러 자리를 비운 것인지는 모르겠지만, 다른 사람은 없었다.

단춧구멍 눈으로 자신을 바라보며 미소까지 짓는 그는

이렇게 말했다.

“이야… 김 소장님 덕분에 성혜 그룹도 구경해보는군요. 하하하.”

“그렇습니까?”

“네, 한 번 꼭 와보고 싶었던 곳입니다.”

“잘됐네요.”

그때 안재현이 문을 열고 들어왔다.

그는 들어와서 방정구에게 시선도 주지 않고 바로 민호에게 말했다.

“나도 장기 한 판 두러 왔다.”

“아, 그러십니까? 또 내긴가요?”

“응.”

“이번엔 뭘 걸고 싶으신데요?”

“일단 지난번과 같아. 제육 덮밥하고… 하나 더 추가하자. 진 사람은 홈 마트를 건드리지 않기!”

민호의 표정이 살짝 굳었다.

놀랐다는 얼굴보다는 흥미롭다는 눈빛이었다.

진 사람이 홈 마트를 건드리지 않기.

이것을 거꾸로 뒤집어보면 이긴 사람이 홈 마트를 공격하기였다.

시선을 돌려 방정구를 보았다.

표정의 변화는 없었다.

여전히 단춧구멍 눈으로 미소를 지었을 뿐이다.

자극하고 싶은 민호.

"그럼 반드시 이겨야겠네요."

털썩.

민호는 안재현이 자신의 말을 듣고 자리에 앉는 것을 보았다.

미리 세팅된 장기판이 안재현의 눈앞에 놓여 있었다.

방정구가 세팅한 것이리라.

당연히 안재현의 맞은 편에 방정구가 앉아있었다.

안재현은 이제야 시선을 방정구에게 옮겼다.

그런데 그 시선에는 '압박'이 숨어 있었다.

일어나라는.

민호와 장기를 두려고 하는데, 방해하지 말라는.

똥개도 자기 집에서는 큰 소리로 짖는다고 했다.

하물며 카리스마의 안재현이었다.

자기 소유의 회사에서 눈빛 하나만으로 상대를 물러서게 할 힘을 가지고 있었다.

다만 방정구는 특유의 웃음으로 버틸 생각을 하는 것 같았다.

그러자 안재현의 눈빛은 더 강렬해지기 시작했다.

움직이지 않겠다면, 강제로라도…

그때.

"잠시만요, 회장님."

민호가 입을 열었다.

팽팽한 긴장이 탁 끊어지는 느낌이었다.

"종목을 바꿔봅시다. 장기 말고 다른 걸로."

안재현의 눈빛이 변했다.

늘 그렇지만, 그는 민호에게 관대했다.

"그럼 내기는?"

"그것도 바꿔야죠. 일단 종목은 부루마불로…."

부루마불이라.

주사위를 돌려서 땅을 사고 호텔과 빌딩을 짓는 게임.

설마 진짜로 그것을 하자는 것일까?

당연히 그럴 리가 없었다.

"저부터 굴리겠습니다."

민호부터 굴린단다.

안재현의 무덤덤한 눈빛으로, 방정구는 똑같이 미소를 지었다.

그는 하이에나의 시선으로 민호를 바라보았다.

도대체 무슨 의도로 민호가 이 말을 하는지 궁금해 죽겠다는 눈빛이었다.

그들의 바람대로 민호가 굴린 주사위는 다음과 같았다.

"글로벌에서 말입니다. 이번 달, 즉, 다음 중 수요일에… 인터넷 쇼핑몰 하나를 개장할 겁니다. 어떻게 하실래요? 따라오실 겁니까? 아… 성혜는 이미 쇼핑몰을 가지고 있으니까… JJ 사모펀드에서는…."

민호의 시선이 방정구에게 가며 말을 이었다.

"마트도, 인도네시아도 따라왔고, 제약도 베팅하더군요. 심지어 지난번에 인도네시아의 두 건설회사 유상증자를 통한 자금으로 국내 건설회사를 노리는 것 같던데…, 이것도 쫓아오실래요?"

이건 또 뭘까?

사업 계획을 다 읊어주는 행위란…

그런데 방정구는 이미 글로벌에서 추진하는 인터넷 쇼핑몰의 오픈을 잘 알고 있었다.

심지어 안재현도 알고 있었다.

즉, 사업 계획을 다 알려주는 것처럼 보이지만, 실제로는 이미 알고 있는 정보라서 그렇게 값어치가 있는 것은 아니었다.

다만 그것을 민호가 자신의 입으로 공개한다는 것 자체가 뜻밖으로 보였다.

그게 미묘하게 방정구의 심리를 긁었다.

자극과 반응의 중간지점에서 갈등할 수 있도록.

"헤헤헤. 그렇군요. 좋아요. 그런 정보까지 알려주시다니. 당연히 돈이 되는 길이면 따라가야죠. 그게 JJ 사모펀드의 설립목표거든요."

짝짝짝.

박수를 치는 민호.

역시 그럴 줄 알았다는 표정으로 말을 이었다.

"좋네요. 그럼 이번에는 회장님 차례입니다. 뭐 새로운 사업 계획하시는 거… 있나요? 베팅하세요. 따라갈지 말지 고민 좀 해보게요."

"아직은…."

표정 하나 변하지 않은 안재현.

아니 살짝 오만한 미소를 지었다.

그러고 나서 민호를 향해 말했다.

"일단 네가 더 쫓아올 게 더 남았잖아. 인터넷 쇼핑몰을 하게 되면… 택배 사업도 하겠지. 안 그래? 패션도 자연스럽게 들어가게 될 거고… 오픈마켓으로 해외진출까지 생각할 거야. 그렇지 않나?"

"아직 여유가 있으시군요. 그러네요. 글로벌과 성혜의 사업이 100% 겹치는 게 아니니까요, 아직은!"

"……."

"문제는 그쪽이네요."

민호는 다시 방정구를 자극했다.

이를테면…

쫓아올 테면 쫓아와 봐라.

다 투자하고 사업 영역이 완벽하게 겹칠 때, 진검 승부를 겨루자.

바로 그 의도였는데…

방정구는 여전히 느물거렸다.

"아하… 이거 참… 우리는 한계가 있네요. 두 공룡 사이에서 고작! 일개 사모펀드가 뭘 할 수 있겠습니까? 천천히 쫓아갈 테니… 먼저 승부를 겨루고 계십시오."

거짓말이다. 그럴 리가 없다. 아마도 방정구는 따라올 것이다.

이런 예감이 민호의 머리를 강타하고 있었다.

당연히 얼굴에는 묘한 미소가 떠올랐고, 그 미소가 꽤 기분이 나빴었나 보다.

방정구의 웃음이 꽤 이상해졌다.

그 표정이 들킬까 봐 그는 자리에서 일어나며 말했다.

"그나저나 장기 두러 왔는데… 이거 참… 고급 정보만 얻고 갑니다. 염치없지만… 혹시 더 알려주실 정보라도 있으신지 모르겠네요."

"더 있죠. 앞으로 진출할 사업 분야에 대해서요. 그런데… 쫓아오기 벅차시다고 말씀하시니까, 더 알려드리기는 힘들겠네요. 차근차근 하나씩 쫓아오시면, 그때 돼서 그다음 단계를 알려드리겠습니다."

"……."

말보다는 눈빛.

민호의 눈 안에는 '넌 나보다 한 수 아래다.' 라는 의미가 강하게 담겨 있었다.

또한, 언제라도 쫓아올 수 있으면, 쫓아와라.

이미 그때에는 난 위에 있으니까.

이 시선을 받았을 때, 울컥하는 마음이 생긴 방정구.

단춧구멍 눈에 불꽃이 새겨졌다.

등골을 타고 전율이 일었다.

뒤로 숨겼지만, 불끈 쥔 주먹이 부르르 떨리고 있었다.

이상하게 민호에게 덤비고 싶었다.

그래서 회동이 끝나고 MVP 호텔에서 와인을 들고 전화를 걸었다.

전화의 목표는 남미에 있는 루이스.

자신과 마찬가지로 존슨의 양아들인 그가 전화를 받자마자 말했다.

"투자 좀 해다오."

192회. 면접

방정구가 나가고 나서 안재현은 민호에게 식사를 제안했다.

"제가 좋은 곳을 알고 있습니다. 얼마 전에 오픈한 한식 뷔페인데, 회장님이 좋아하시는 제육도 아주 잘하는 곳이죠."

고개를 끄덕인 안재현.

이들의 회동은 글로벌 푸드에서 오픈한 외식 체인점에서도 계속되었다.

"무슨 속셈이지?"

궁금하긴 궁금했나보다.

굳센 바위에 날카로운 이빨을 드러낸 승냥이와 같았던

안재현이 드디어 민호에게 질문을 하다니.

"무슨 속셈이라니요?"

"방정구를 자극해서 얻으려고 하는 게 뭐냐는 말이야?"

"제가 그걸 왜 회장님한테 말씀드립니까? 따지고 보면 회장님도 제 적인데. 하하하."

그 말에 안재현은 웃었다.

"적? 난 너를 그렇게 생각해 본 적이 한 번도 없는데?"

"아, 그래요? 그럼 잘못 생각하셨습니다. 전 언제든지 회장님의 뒤에서 비수를 꽂아 넣을 생각을 하고 있거든요."

"아프겠네."

"네, 아파요."

여전히 웃고 있는 안재현.

민호 역시 맞 웃음으로 대응하며 입에 제육을 집어넣었다.

질기지 않고 연했다.

씹기에 아주 좋았다.

이 비법을 유미가 전수했기에, 맛이 있는 것이다.

고추장도 적당한 비율로 섞여 있는 것 같았다.

"그래도 한 가지 힌트는 드릴게요."

"……."

"에이스 그룹이 다가 아니다!"

"……?"

"나머지는 회장님이 직접 알아내세요. 아니면…."

"……."

"저에게 그 값어치만큼 대가를 지불하거나."

직접 알아내거나, 아니면 값을 치르거나.

둘 중 하나 선택하라는 민호.

이렇게 말하면 안재현은 당연히 전자를 선택한다.

아니나 다를까, 안재현의 눈빛이 어떤 것을 밝히려는 탐구심에 가득차 있었다.

민호와 식사를 끝낸 후에 당연히 그는 신지석에게 연락을 취했다.

(여보세요?)

"에이스 그룹을 더 샅샅이 조사해 봐."

(네? 네. 알겠습니다.)

⚜

이제 민호가 회사 내에서 하는 일은 복합적이면서도 연계성이 강하다.

신약 부분만 해도 그렇다.

13층에 다 지어 놓은 연구실에 최민식과 윤종환이 매일 출근하여 연구진들과 함께 개발하고 있는 알츠하이머 신약, 가칭 갓 넘버 에이틴.

이것은 현재 과천에 짓기 시작한 실버큐어타운과 밀접한 관련성을 가졌다.

그런가 하면 글로벌 푸드에서 나온 새로운 두 가지 상품, 〈꿀 버터 스낵〉과 〈킹 짜장〉.

글로벌 마트의 매출에 막대한 영향력을 주고 있으며, 앞으로 오픈할 글로벌 인터넷 쇼핑몰에도 관련이 있을 것이다.

글로벌 푸드는 인도네시아에 수출할 제품을 만들고, 그렇게 인연을 맺은 인도네시아에서는 팜 트리 재배가 이루어지고 있었다.

또한, 인도네시아 판 신도시 개발 산업도 글로벌 건설에 의해 한참 진행 중이다.

생각보다 빨리 확장하며 많이 크는 글로벌 건설, 그 핵심에 민호가 자리 잡고 있다는 증거가 바로 지금까지 나열한 사업들 때문이었다.

시작이 있으면, 끝이 있는 법이다.

원래 경제 연구소에서 하는 일이 각 계열사를 위해서 사업을 계획하고 만들어서 전달해주는 것이었는데, 민호는 그 마무리까지 생각하고 있었다.

문제는 그만큼 바쁘다는 것.

더구나 10월이 다가오자 한 가지 바쁜 게 더 추가되었다.

"신입 사원 면접이요?"

"네, 그렇습니다. 사장님이 한 번 해보시라고…."

민호는 자신의 눈길을 피하는 차원목 과장의 마음을 이해했다.

인생을 깊이 산 사람이 아닌데도 불구하고 신입사원 면접을 맡긴다는 건 민호의 판단을 꽤 높이 평가한다는 것이었다.

하지만 이제 고작 29세의 회사 임원이다.

1년 반이 조금 넘은 회사 생활로 과연 제대로 된 사람을 뽑을 수 있을까?

"저 말고 누가 또 면접관으로 나오죠?"

"인사팀장님하고 유통 본부장님…."

차원목의 입에서 여러 명의 이름이 나왔다.

그중 재권이 면접을 본다는 이야기에 맨호는 정신이 들었다.

생각해보니 재권은 자신을 잘못 판단하고 이상한 사람을 뽑아서 밑에 배치해 준 경력이 있었다.

강태학과 이정근.

두 싸가지를 자신과 잘 매치된다고 근거 없는 판단을 내리는 사람.

당연히 막아야한다.

글로벌의 발전을 위해서라도.

"알겠습니다."

확신에 찬 눈으로 고개를 끄덕이는 민호.

며칠이 지나고 드디어 시월의 첫 번째 월요일.

신입 사원 면접이 시작되었다.

민호는 예전에 자신의 경험을 떠올렸다.

이상하리만치 긴장이 전혀 되지 않았다.

늘 실전에 강하다는 말을 듣기는 했지만, 당시에도 자신의 능력 이상을 발휘해서 당당히 붙었다.

그래서 이 자리까지 온 지금.

이제 반대의 자리에 앉아 있었다.

면접관의 자리에 앉고 보니 확실히 취업을 준비하는 이들의 마음가짐이 보였다.

그리고 한 명씩 질문하는 입장에서 민호는 상대방을 괴롭히는 질문을 많이 하는 면접관이었다.

예를 들면…

"회사에 들어와서 상관이 지시를 내립니다. 그런데 그 지시대로 하는 것보다 자기 생각대로 하는 게 훨씬 좋은 결과로 이어질 거 같아요. 그럼 어떻게 하시겠습니까?"

"라이벌 회사의 회장을 만납니다. 그 회장이 묘하게 비웃습니다. 같이 비웃으실 겁니까?"

"회사에 입사했는데, 정말 마음에 드는 여자한테 한눈에 반했습니다. 당당히 사내연애를 하실 겁니까?"

옆에 있던 면접관들조차도 민호가 던지는 질문의 의도를 절대 알 수 없었다.

재권은 참다못해 드디어 민호에게 물어봤다.

"도대체 질문의 의도가 뭐야?"

"저 같은 사람을 판별하는 건데요?"

"아…."

재권은 뭔가 알겠다는 눈빛을 했다.

민호가 그 자신과 비슷한 인재를 갈망한다고 확신했다.

옆에서 듣고 있던 다른 채점관들도 마찬가지.

그들의 기준은 당연히 민호였다.

1년 반 만에 임원의 위치에 당당히 오를 수 있는 배짱과 지능.

그런 사람이 회사에 많다면 그 기업은 어떻게 되겠는가?

당연히 한국은 물론 세계적으로 급성장한 그룹으로 발전할 것이다.

당연히 점수표가 갑자기 급변하기 시작했다.

"저를 이곳에서 뽑지 않으시면 후회할 겁니다."

"글쎄요… 비웃는데 설마 참아야 하나요? 욕이라도 해주고 싶지만, 제 사회적 평판을 고려해서 같이 비웃어 줄랍니다."

"천생연분을 만나면 당연히 잡아야죠. 눈치 볼 게 뭐가 있습니까?"

"듣기로 여기에 김민호 소장님이 특급 승진을 했다고 하는데… 전 그것보다 더 빠른 승진을 목표로 하고 문을 두드렸습니다."

정말 기가 막힌 대답들을 쏟아내는 사람들.

민호는 그들을 보며 의미심장한 미소를 지었다.

그리고 열심히 채점표에 그들에 대한 점수와 생각을 적었다.

사실 1차 서류 심사 때, 글로벌의 인사팀장은 꽤 놀랐다.

이번에 지원한 사람들은 사상 최고의 인재들이 몰렸다.

스펙만 보면 더블에스나 에이치그룹에서 다 건져갈 수 있는 영재들.

그런데 글로벌에 몰린 이유는 민호 때문이었다.

짧은 시간 능력을 발휘하면 무한정으로 승진할 수 있는 곳.

어느새 취업의 문 앞에 선 젊은이들에게 민호에 대한 소문이 그렇게 퍼져있었다.

당연히 민호의 버릇과 습관, 행태 등등이 알려졌고, 그것을 연구하는 취업준비생들은 하나의 지표가 되었다.

당연히 좀 더 당당하고 자신감 있게 면접을 보기 위한 치열한 노력이 들어있을 수밖에 없었다.

그렇게 면접이 끝났다.

면접을 다 끝마치고 면접실을 나오면서 재권은 고개를 저었다.

"휴우, 이번 면접이 제일 어려웠어."

그 말에 민호가 고개를 끄덕였다.

재권은 사실 매우 많은 인재에 어떤 사람을 뽑아야 할지 고민된다는 말이었다.

하지만 민호가 고개를 끄덕인 것은 그와는 반대였다.

그래서 재빨리 입을 열었다.

"맞아요. 정말 힘드네요. 이렇게 뽑을 인재가…."

'없다니.' 라고 말하려다가 아직도 자리를 뜨지 않은 취업준비생이 주위에 있는 걸 발견했다.

이상하게도 그들의 눈에는 자기를 우러러본다고 해야 하나?

아무튼, 그런 감정이 섞여 있는 것 같았다.

'참… 내가 팬 카페도 있어서 그런지 왕자병에 걸렸나 보다.'

물론 여자들은 그런 감정이 있을지도 모른다.

하지만 남자들의 눈에 자신을 존경하거나 우상화하는 빛이 있다는 것은 그냥 착각이라고 생각했다.

아마도 높은 직급에 있는 사람을 바라보는 시선이라고 여기고, 재빨리 입을 닫았다.

자신이 뽑을 사람이 없다고 말한다면, 저 취업준비생들이 얼마나 힘들겠는가.

"형님, 3차 면접은 심층이죠?"

"응. 지금 2차 면접에서 대상자가 압축되고, 그 사람 중에 최고의 인재를 골라내는 작업이 필요하지. 이번에는 회장님이 참여하실 거야. 아마 거기에도 네가 면접관으로 포함되어 있을 텐데…."

"아, 정말이요?"

민호는 살짝 얼굴을 찌푸렸다.

고만고만한 사람들을 또 봐야 한다는 생각에 '귀차니즘'이 작렬했다.

할 일도 많은데, 이런 일로 시간을 빼앗기고 싶지는 않았다.

그렇지만, 자신과 비슷한 사람을 제거해야 한다는 지상 목표로 이번에도 참여하리라.

그렇게 전의를 불태운 민호.

1주일 후에 심층 면접이 이루어졌다.

헌데 박상민 회장은 채점표를 보고 어리둥절했다.

각 채점관의 평균 점수가 기록되었고, 채점관의 코멘트가 적혀 있었는데, 다른 사람과는 달리 민호의 평가가 완전히 달랐다.

김승현

채점관 다섯 명의 평점 8점.

김승현에 대한 주요 채점관 코멘트.

유통본부장 안재권 (당당해서 좋다.)

인사팀장 고명윤 (자신감 있어 보인다.)

경제연구소장 김민호 (싸가지가 없다.)

…후략…

홍완기

채점관 다섯 명의 평점 : 7.8.

홍완기에 대한 주요 채점관의 코멘트.

기획이사 나준영 (명석해 보인다.)

유통본부장 안재권 (지식활용이 돋보인다.)

경제연구소장 김민호 (잘난 체가 심하다.)

…후략…

사람을 바라보는 시각차가 이렇게 극과 극이 존재하는 줄은 이번에 처음 알았다.

193회. 가시고기의 새끼를 압박하라

오늘은 신입사원 최종 합격이 인트라넷에 뜬다.

일단 보안등급이 2급이 걸려 있었다.

그렇다는 이야기는 부장 이상만 볼 수 있는 단계를 말한다.

딸각. 타다다다닥.

민호는 설레는 마음으로 인트라넷을 열고, 개인 아이디와 패스워드를 넣었다.

원래 신입 사원이 누가 뽑히든 관심이 없었지만, 이번에는 달랐다.

자신이 직접 면접관으로 활약하며, 회사를 위한 일꾼들을 하나하나 살펴보았다.

물론 이번에 뽑을 사람이 정말 없었다고 생각했다.

그래도 마치 옥석을 고르듯이 심혈을 기울였다.

당연히 겸손하면서 성실한 몇 명이 눈에 띄었고, 그들의 점수를 약 8점 정도로 체크했다.

싸가지 없고 이상한 대답을 하는 인간들은 당연히 0점.

안타깝게도 그들은 빠이빠이다.

그런데 막상 인트라넷을 열고 나서 그의 동공에 경악이 자리 잡았다.

"이… 이럴 수가…."

실성한 듯이 혼잣말까지 내뱉었다.

그도 그럴 것이 그가 완벽하게 0점을 주며 악평을 했던 이들이 살아남아 올해 하반기 신입사원으로 뽑힌 것이다.

입을 멍하니 벌린 민호.

어떻게 이럴 수가 있는가.

이건 분명히 스펙만을 본 다른 면접관들의 실책이라고 생각했다.

업무실을 나가서 짜증을 내뱉는 민호.

"와, 진짜… 우리 회사도 참… 아주 낡아 빠진 사고방식을 가졌네요."

"그게… 무슨…."

약간 놀라서 차원목 과장이 민호에게 더듬거리면서 되물었다.

민호는 여전히 인상을 구기면서 말했다.

"이번 신입 사원이요."

"아… 네. 위에서는 사상 최고, 사상 최대라는 말을 많이 하던데요."

"맞아요. 사상 최고의 '싸가지'와 '잘난 체'들이 사상 최대로 뽑혔어요."

"……."

그럴 리가 없었다.

차원목은 인사팀 출신.

며칠 전에 인사팀장이 자신에게 말했다.

이번 인재들이 제일 좋은 재목이라고.

점점 글로벌의 장래가 밝아지는 것 같아서 뿌듯하다고.

그런데 민호는 완전히 반대로 말하고 있었다.

"다음에는 블라인드 면접을 해야 합니다. 에이! 스펙만 보고 사람을 뽑는 더러운 세상! 이러니 차별, 차별 이야기를 하지…."

투덜거리면서 나가는 민호를 보며 경제연구소의 구성원들은 고개를 갸웃거리고 말았다.

그들의 머릿속에 지나가는 생각.

좋은 인재가 뽑히지 않았다는 민호의 주장 때문에 심지어 침묵이 이어졌다.

잠시 후 임동균이 이 적막함을 먼저 깼다.

"정말 안 좋은 거 아닙니까? 공부만 잘하고 인성은 꽝인 그런 사람을 뽑은 거 아니에요?"

"그럴 리가 없습니다."

차원목이 고개를 저으며 말했다.

여기에서 그만 알고 있는 사실이지만, 이번 신입 사원 모집 때 1차 서류 면접에서 학력에 대한 가산점이 전혀 없었다.

원래 외부적으로는 학력에 대한 가산점은 없는 거로 알려졌다. 하지만 실질적으로는 항상 추가해왔던 게 사실.

그런데 민호가 그 관행을 바꾸었다.

그는 한국의 최고 대학을 나온 것도 아니고, 두드러진 스펙을 갖춘 것도 아닌데, 엄청난 성과를 거두었다.

당연히 선입견과 편견을 깨트리자는 말을 인사팀장이 기획했고, 박상민 회장이 최종 결재를 했다.

그래서 이번에는 사상 최초로 스펙에 대한 내부적 가산점을 전혀 포함하지 않았는데…

"거 참… 일단 신입 사원이 들어오면 알게 되겠지, 뭐…."

구인기는 고개를 저으며 상황을 종식했다.

"자, 일하자고, 이제. 일! 2주 안에 프리미어 마트 세 군데가 동시에 개장해. 유통본부 측에서 초반에 자리 잡을 수 있는 아이디어를 부탁했잖아. 그러니까 바빠, 안 바빠?"

"네?"

가장 만만한 조정환이 구인기의 눈에 걸렸다.

이럴 때는 그냥 고개를 끄덕이면서 동의해주는 게 최고라는 걸 그동안 같이 생활해 본 조정환은 잘 알고 있었다.

그렇지 않으면 바로 구박이 떨어진다.

그는 재빨리 대답했다.

"바쁘죠. 열심히 일해야겠네요."

"그래, 그러니까 빨리, 일해, 일."

이렇게 조정환을 시작으로 구성원들의 일과가 시작되었다.

확실히 경제연구소는 결코 한가한 곳이 아니다.

바쁜 가운데 성과는 분명히 있었으며, 글로벌의 성장은 이제 재계와 언론에서 주목하고 있었다.

당연히 경제연구소의 구성원들은 꽤 높은 자긍심을 가지고 있었으며, 이번에 신입 사원 한 명이 배치된다는 소식을 듣고 기대 반 우려 반으로 결과를 기다리고 있었다.

2주 뒤.

드디어 신입사원 연수를 마치고 새로운 신입사원 한 명이 경제연구소에 배정되었을 때.

그를 보는 민호의 인상은 과히 펴지지 않았다.

29세. 민호와 동갑. 이름은 박춘규.

그는 당당한 눈빛으로 새롭게 배속된 경제연구소에 들어와서 90도로 인사했다.

고개를 들었을 때, 박춘규의 단정한 머리에 코가 우뚝 솟아 있어서 호감을 주기에 충분한 인상이었다.

그 모습을 보니 민호는 지난해 자신이 그와 같은 행동을 한 게 떠올랐다.

저건 다 가짜였다.

잠시 자신을 겸손하게 보이기 위한 연막작전.

안 속는다고 다짐한 그는 냉랭한 목소리로 말했다.

"나사에 잠시 있었다고?"

"네, 그렇습니다."

"그렇군. 아… 말 놔도 되지? 내가 사실 스물아홉 살인데."

"당연히 조직 사회에서는 직급이 우선입니다. 상관없습니다."

상관없기는? 분명히 속으로 부글부글 끓고 있음이 분명하다.

겉과 속이 다른 인간들이 많은데, 당연히 민호는 사람을 절대 믿지 않았다.

그래서 자신도 모르게 이런 말이 그의 입에서 흘러나왔다.

"나사에 있었던 사람이 우리 회사는 왜 오지?"

"네?"

"아냐, 아냐. 됐고… 좋아. 우리 경제연구소의 전통이 있는데… 자…."

이쯤 해서 민호의 입꼬리가 말려 올라갔다.

계획했던 게 하나 있었고, 그것을 실행하기 위해서 책자 하나를 그에게 던지듯이 넘겼다.

턱. 하고 가슴에 안기는 자료를 두 손으로 받아든 박춘규.

그것을 보니 이렇게 적혀 있었다.

- 최근 10년간 국내외 유통시장의 흐름

늘 신입 사원이 오면 민호가 주는 자료.

박춘규가 그것을 받아들자 민호가 입을 열려고 했다.

그때.

"이거 오늘 안으로 숙지하면 됩니까?"

"응?"

"지금 보니 아는 내용이네요. 한 번 복습하면 충분히 숙지할 수 있을 거 같습니다."

"……."

살짝 할 말 없게 만드는 잘난 체 신입이었다.

민호는 얼굴을 굳히고 손을 들어 휘저었다.

물러나라는 표시였다.

그리고 등을 돌리면서 조정환과 시선을 마주치더니 바로 지시를 내렸다.

"신입사원 교육 똑바로 해주세요."

"네, 소장님."

업무실에 들어와서 투명한 유리로 밖을 내다본 민호.

당분간은 박춘규를 감시하는 모드로 살 것이다.

왜냐? 이번 면접의 허점을 파헤치고, 다음 면접은 반드시 블라인드로 진행하자고 주장하기 위해서다.

밖을 보는 그의 눈이 매우 날카로워지고 있었다.

⚜

인형사.

손가락 끝에 실을 매달고 인형을 조종하는 사람을 일컫는다.

안재현은 바로 인형사와 같았다.

밑에 사람들을 부릴 때, 반드시 자기 취향에 맞게 움직였다.

신지석은 물론이고 아무리 머리가 좋은 이용근도 마찬가지였다.

최근 한 달간 이들은 정말 뭐 빠지게 일했다.

안재현이 내린 지시.

에이스 그룹을 샅샅이 해부하라는 그 명령을 지상 과제로 삼아 낮과 밤을 잊고 살았다.

물론 그들과 함께 정보팀장인 김명철 역시 헉헉대며 조사했다.

아무래도 해킹은 정보를 습득하는 데 효과적일 수밖에 없으니, 그가 고생하는 것은 당연했고, 이용근과 신지석도 그에게 많이 의존할 수밖에 없었다.

그러던 어느 날 드디어 실마리를 찾아냈다.

김명철은 신지석에게 그것을 보고했다.

"아무래도 에이스 그룹의 자금 이동이 유럽과 밀접한 관계가 있는 듯합니다."

"아, 그래? 그런데 다국적 기업이라 그건 당연한 거 아냐?"

"거래 외 기록이 많이 있습니다. 그것도 스위스로."

"스위스야… 스위스 은행이 있으니 재산 은닉의 방법으로 사용할 수 있잖아?"

"그게 아닌 거 같습니다."

김명철은 신지석의 말을 살짝 부정하며 그에게 자료를 보여주었다.

자료에는 일정 기간을 주기로 스위스의 한 기업에 송금된 내역이 있었다.

그 기업이 바로 글렌초어였다.

"보시면 알겠지만, 두 기업 간에 필요 이상으로 많은 돈을 거래한 적이 한두 번이 아닙니다. 이건 굳이 해킹까지 필요가 없었습니다. 찾아보면 금세 내역이 나와 있으니까요."

"그래? 근데 내가 봤을 때에는 별문제가 없어 보이는데…."

"두 그룹은 서로 곡물 가격이 내릴 때, 비싸게 사고, 자원 값이 오를 때 싸게 사기도 했습니다. 이건 거의 사기 수준입니다. 물량 자체가 엄청나서 거래한 한쪽 기업에 큰 피해가 미칠 정도였으니까요."

그때 이용근이 눈빛을 빛내며 말했다.

"잠시 저도 좀 볼 수 있을까요?"

신지석은 자료를 그에게 넘겨줬다.

상세히 살피는 이용근.

잠시 후 그는 입을 열었다.

"김 과장 말이 사실이네요. 필요 이상으로 거래가 활발하기도 하고, 손해를 감수하고 매입을 한 경우도 많습니다."

이건 대단한 발견이다.

그동안 국내에 있던 JJ 사모펀드의 배경으로 꾸준히 거론되었던 에이스 그룹.

사실은 글렌초어가 더 뒤에 버티고 있다는 게 이렇게 증거 자료와 함께 보인다면?

등골을 타고 땀이 흘러내렸다.

11월이 가까워지는 늦가을에 열이 후끈 달아올랐다.

당연히 자료를 가지고 회장실로 들어가는 세 사람.

안재현에게 있는 그대로 보고했다.

"글렌초어?"

이럴 때 안재현의 표정을 뭐라고 설명해야 할까?

글렌초어는 겉으로 드러나지는 않았지만, 이미 무역이나 유통 쪽의 회사에서 아주 잘 알려진 곳이다.

실질적인 최강자라고.

그런데 그 이름을 들어도 안재현은 놀라지 않았다.

오히려 싱긋 웃는 표정을 지었다.

드디어 맞붙을 상대를 찾았다는 듯이.

"에이스 그룹과 글렌초어란 말이지…."

"더 파 봐야 하겠지만, 두 곳의 연관관계가 조금이라도 있다면… 연합이나… 아니면…."

"글렌초어가 더 큰 곳이니, 아마도 에이스 그룹이 하부 조직쯤일 거야. 그렇지 않아?"

후자일 가능성이 훨씬 높았다.

그래서 흥분된다.

안재현의 뱀눈이 오랜만에 꿈틀거리고 있었다.

"사실 글로벌은 먹어봤자 배도 부르지 않을 거 같았다. 이왕 이렇게 된 거…."

"……."

"에이스 찍고…, 글렌초어를 먹자고."

"……!"

대단한 야망. 원래부터 알았지만, 지금은 그들을 껌 씹듯이 말하는 안재현을 보며 남은 세 사람은 속으로 경탄하는 중이었다.

그런데 아직 이야기가 끝나지 않았다.

"그러자면 말이야. JJ 사모펀드를 위기에 몰아놔야 해. 안 그래?"

"맞습니다."

드디어 말을 거의 잊다시피 한 세 사람 중, 이용근이 입을 열어 장단을 맞추기 시작했다.

만족한다는 듯이 안재현이 말했다.

"최근에 건설회사까지 인수했다면서?"

"네. 거기다가 인터넷 쇼핑몰 준비를 한다는 이야기가 있습니다. 택배회사를 알아보고 다니는 걸 보니 거의 확실합니다."

"이제야 민호가 방정구를 자극한 이유를 알았어. 가시고기의 새끼를 압박해야… 그 애미, 애비가 나오잖아."

잔인한 웃음과 함께 읊조리는 안재현의 말.

동물 중에서 모성애와 부성애가 가장 뛰어나다는 가시고기를 예로 들었다.

그러면서 그 자신은 살모사의 미소로 어딘가를 바라보고 있었다.

전운이 감돌기 시작한다.

아주 천천히…

격렬함을 예고하면서…

194회. 긴박한 순간

같은 시간 민호는 종로 큰손과 함께 과천에 와 있었다.

드디어 자신의 설득에 못 이겨 종로 큰손이 거주지를 옮겼다.

종로 큰손은 얼굴을 구기면서 민호에게 툴툴거렸다.

"에이, 지독한 새끼."

"속으로는 고마워하시는 거 다 압니다. 할머님 바로 옆집이에요. 적적하실 텐데… 얼마나 좋아요?"

"그… 남사스러운 말 좀 집어치워!"

"헐… 농담으로 한 말인데, 흥분하신 것 보니 진짜로 마음에 두고 계신 거 아닌가요? 재권이 형 한데 말씀드려야겠는데요. 조금만 더 있으면 장모님을 새로 맞을… 컥!"

민호는 말을 더 잇지 못하고 이마를 비볐다.

아까 사온 연양갱이 무기로 사용될 줄이야.

나름대로 운동신경이 뛰어나다고 여겼지만, 피하지 못하고 정통으로 맞았다.

"아이고… 어르신. 정말 너무 하시네요."

"됐고. 어서 내 눈앞에서 사라져. 너 때문에 내 치매가 더 심해진다. 심해져!"

"그럴 리가요? 이번에 채 박사님이 말씀하시던데요. 상태가 호전되었다고."

"으이구, 정말 한 마디도 안 지네. 이 싸가지 없는 것 같으니라고."

민호는 이마에서 손을 내리면서 미소를 지었다.

연양갱에 맞고, 욕도 들어먹었지만, 흐뭇하기 짝이 없었다.

지난번 임상 시험에 성공해서 배포한 갓 넘버 에이틴이 일사천리로 시장에 나왔다.

그걸로 치료받은 종로 큰손.

그에게 효과가 있는지 궁금했던 민호는 바로 종로 큰손이 이용하는 병원에 찾아가 확인했다.

결과는 미세한 호전.

정말이지 대 혁명이 눈앞에 보이는 것 같았다.

사실 노인성 알츠하이머를 뒤로 늦추는 것만 해도 엄청난 일이었는데, 미세한 호전이라는 말은 이들 앞에 희망이라는 달콤한 말을 깔아놓는 것이나 마찬가지였다.

그것 때문에 실제로 종로 큰손이 민호에게 설득당해서 이곳에 온 것이다.

가끔 화를 돋우며 연양갱을 던지게 하지만, 민호가 안 예쁠 수가 없었다.

거기다가…

“아, 어르신. 이번에 돈 좀 만지게 해드릴 일이 생겼는데요.”

“웃기지 마라. 또 돈 쓰게 하려고….”

“절대 아닙니다. 이번에 투자하시면 최소한 몇 배로 뻥튀기한다니까요.”

여기서 살짝 구박을 멈춘 종로 큰손.

민호의 말은 늘 사실로 증명된다는 것을 알았다.

그래서 잠시 눈 크기를 좁힌 후에 귀를 쫑긋했다.

민호에게 할 말 하라고 자리를 깔아주는 셈이었다.

그걸 보고 바로 웃는 민호.

드디어 입을 열기 시작했다.

“성혜 그룹에 투자하십시오.”

“……!”

종로 큰손은 자신의 귀를 의심했다.

이건 또 무슨 말인가?

민호의, 재권의, 글로벌의 일차적인 적, 성혜그룹!

거기에 투자를 하라니?

하지만 잘못 들은 게 아니었나 보다.

민호의 말이 계속 이어지는 것을 보니.

“곧 그쪽 주식이 엄청나게… 아주 미친 듯이 오를 겁니다. 저만 믿으세요.”

“…….”

황당해서 말도 잘 나오지 않았다.

그렇다고 안 믿기기도 힘들었다.

지금까지 민호가 보여준 행보를 보면, 투자 실패의 사례는 전혀 없었다.

다만…

“나야 가진 돈이 불어나는 건 좋은 일이지만, 성혜가 커지면 네가 힘들 텐데….”

“어디 저만 힘들겠어요? 재권이 형도, 글로벌도 힘들어지겠죠.”

“그런데 무슨 꿍꿍이냐? 나보고 성혜에 투자하라니?”

“지금은 잠시 적을 이용할 때라서요. 그러니까….”

“…….”

“바로 투자하시지 마시고, 제가 원할 때, 원하는 계열사에 주식을 사들이세요.”

여전히 웃고 있는 민호.

이 녀석의 속을 모르겠다고 생각한 종로 큰손은 고개를 좌우로 흔들었다.

⚜

북극의 빙산.

겉으로 보는 것보다도 밑에 잠긴 부분이 훨씬 컸다.

에이스 그룹과 글렌초어도 마찬가지다.

드러난 부분 이외에 분명히 더 있을 거라고 여겼다.

민호는 민호대로, 성혜 그룹의 안재현은 또 사람을 부려서 열심히 조사한 결과.

일단은 에이스 그룹과 글렌초어의 드러난 부분과 그 하부조직으로 추정되는 곳들을 알아내기 시작했다.

특히, 민호는 알아낸 것을 노트에 적었다.

언제나 미래를 대비하는 그의 노트.

혹시나 유미와 장기간 떨어져 있을지도 모른다고 생각한 그는 기록을 절대 게을리하지 않았다.

그래서 그날 밤도 지금까지 알아낸 것을 다시 한 번 눈으로 쓰윽 훑었다.

1. 글렌초어

스위스에 본사가 있으며, 유럽 전역에 막대한 영향력을 발휘하고 있는 그룹으로 세 개의 하위 조직이 있음.

미국의 에이스.

호주의 칼슨 마이어.

아프리카의 소나트랙.

이중 에이스 그룹의 크기는 압도적으로 커서, 나머지

두 개의 하위 조직과 비교할 바가 못 되었다.

심지어 에이스 그룹은 자체적으로 세 개의 하위 그룹을 지니고 있었다.

그걸 조사한 것도 적어 놓은 민호.

그의 눈에 그 기록이 보였다.

2. 에이스 그룹.

세 개의 하위 조직이 있음.

북아메리카를 관장하는 퍼시픽 그룹.

남아메리카에 큰 영향력을 행사하는 윌슨 사.

아시아를 책임지는 JJ 사모펀드.

여기까지가 드러난 부분이었다.

드러나지 않은 부분에 대해서는 현재 물음표였다.

지금은 드러난 부분만 있다고 생각해도, 공룡 이상이었다.

다른 사람 같으면 그 크기에 압도되었을지도 모르지만, 민호는 달랐다.

목표는 크면 클수록 좋다고 생각했다.

그의 얼굴에 입술이 좌우로 넓어지며 미소를 그리는 이유가 바로 그 때문이다.

다만 그 미소가 당황으로 바뀔 때는…

"오빠! 오빠아!"

거의 신음에 가까운 유미의 목소리가 귀에 들어온 바로 그 시간.

눈을 동그랗게 뜨고 침대에 쉬고 있어야 할 유미에게 재빨리 다가갔다.

그녀가 침대에 있는 것은 확인되었다.

다만 편하게 쉬고 있는 게 아니었다.

배를 움켜쥐며 목소리를 쥐어짰다.

"양수가… 터졌어. 빨리 병원으로 가야 할 거 같아…."

"응? 응. 응. 알았어."

천하의 김민호가 이런 순간에는 당황할 수밖에 없었다.

세상에서 가장 사랑하는 여자와 그 아이에 해당하는 일.

분명히 머릿속으로는 안전할 거라고 믿어도, 가슴은 쿵쾅쿵쾅 뛰었다.

예정일보다 일주일 앞당겨진 진통과 양수가 터지는 일 때문에 그의 머리가 새하얘져 갔다.

또한, 무언가를 준비하는 습관이 든 나머지 산부인과에 가지고 갈 짐을 싸고 있는데…

"오빠…아… 그냥 가자…."

"응? 응, 으응. 알았어. 아, 미안…."

머릿속이 헝클어지며 줏대 없는 인간이 된 민호.

문을 열고 나가서 엘리베이터를 눌렀다.

민호가 있는 아파트 층은 7층.

현재 엘리베이터가 정지해 있는 곳은 20층.

"이 밤 중에 누가 엘리베이터를 20층까지 사용했어?"

투덜거리는 민호. 자신이 부축한 유미를 보았다.

여전히 배를 움켜잡은 유미의 모습을 보며 마음만 급해졌다.

- 문이 열립니다.

엘리베이터에서 나는 소리에 유미를 데리고 재빨리 승강기에 올라탔다.

한 번, 두 번, 세 번.

한 번만 눌러도 될 걸, 여러 번 지하 2층을 누르는 이유.

오늘따라 엘리베이터의 움직임이 꽤 느린 것 같았다.

"괜찮아, 유미야?"

"응…."

대답은 했지만, 목소리에는 무언가 간신히 참는 것 같은 느낌.

엘리베이터가 열리자, 유미를 잠시 두고 빠르게 달려가 차를 끌고 왔다.

유미를 태우고 종로까지 가는 길.

가속기를 밟았지만, 오늘따라 신호등이 도와주지 않았다.

"에이…."

그는 이제부터 신호를 무시하기 시작했다.

어쩔 수 없었다.

내가 살고, 유미가 살고, 자식이 사는 게 먼저 아닌가.

애타게 밟은 가속기에 힘이 더 들어가고, 서둘러서 그런지 시간을 보니 집에서 여기까지 꽤 이른 시간에 독파했다는 것을 알았다.

"의사! 의사 선생님! 빨리! 빨리요!"

목소리가 살짝 갈라졌다는 것을 민호는 느끼지 못했다.

잠시 후 간호사가 유미를 같이 부축했고, 곧바로 대기실로 들어갔다.

일각이 여삼추라고 했다.

마음이 급하고, 누군가를 기다리는 사람에게는 짧은 시간이 엄청나게 길게 느껴졌다.

당연히 민호의 입에서 간호사를 재촉하는 말이 나오기 시작했다.

"왜 안 오시는 겁니까? 지금 연락한 거 맞아요?"

이곳에 온 모든 남자는 늘 조급하다는 걸 아는 간호사.

당연히 안정에 초점을 두고 차분한 음성으로 말했다.

"여기까지 오시는 데 10분쯤 걸려요."

"아… 네."

시계를 보니 대기실에 들어와서 5분도 채 지나지 않았다.

의사가 공간 이동을 하지는 않을 텐데, 집에서 여기까지 동에 번쩍, 서에 번쩍할 리가 없었다.

그때 자신의 손에 부드러운 손이 잡혔다.

시선을 돌려보니 세상에서 가장 사랑하는 여인이 자신을 바라보고 있었다.

조급한 자신의 모습.

그걸 안정시켜주기 위해서 오히려 지금 누구보다도 고통스럽고 조급해야 할 유미가 진통을 참으며 자신을 위안했다.

"괜찮을 거야. 너무 걱정하지 마."

끄덕끄덕.

약간 창피했다.

이제야 여유를 찾는 민호.

"두 분이 서로 극진히 사랑하시나 봐요."

간호사가 둘을 보고 웃으며 말했다.

계속해서 이들을 안심하게 해주는 말을 찾는 것 같았다.

그 이야기를 들으면서 민호는 이제 자신이 유미의 마음을 가라앉혀야 한다고 생각했다.

그래서 하는 말.

"힘들면 내 손을 꽉 잡아."

"정말 그래도 돼? 나 지금 진통 오긴 하는데… 아악!"

"당연하… 아아아!"

민호의 말에 자동으로 반응한 유미의 꽉 쥔 손.

뼈가 부스러지는 느낌에 민호의 검은자가 위에 있는 흰자를 침범했다.

"끄으으윽!"

민호가 느낀 체감상 유미의 힘은 그야말로 '바야바' 였다.

다행히 그 순간에 의사가 오지 않았다면, 민호의 손뼈는 부러졌을지도 모른다.

유미가 이렇게 힘이 센 줄은 생각도 못 했다.

최소한 안심은 된다. 힘이 달려서 아이를 순풍순풍 낳지 못할 일은 없으리라.

이윽고 의사가 유미의 상태를 확인한 후.

“수술 준비해주세요.”

라고 말했다.

간호사가 대답하고 밖을 나갈 때, 민호는 의사를 향해 최대한 존중하는 눈빛으로 바라보며 말했다.

“제 처와 아이를 부탁합니다. 제발. 둘 다 살려주세요.”

“네? 아… 네.”

여의사는 안경을 바로 쓰고 황당한 눈빛을 했다.

이 남자가 드라마를 참 많이 봤는지, 이상한 말을 한다고 생각했다.

양수가 터졌을 뿐이지, 지극히 정상적인 상황이다.

지난번부터 민호를 상대해 왔다.

그가 자신을 얼마나 당황하게 하는지 잘 알고 있던 그녀.

가끔 얼굴이 뜨거워지는 질문을 할 때.

그녀는 시선을 어디다 두어야 할지 고민한 적이 한두 번이 아니었다.

재빨리 수술실로 피하는 게 나을 거라고 여기며 민호를 홀로 남겨두었다.

그 시간에 민호는 양가에 전화연락을 했다.

먼저 유미의 어머니한테.

"장모님? 접니다. 지금 산부인과예요. 네, 네. 좀 전에 왔어요. 네? 왜 이렇게 빨리 왔냐고요? 양수가 터져서 예정일보다 일찍 오게 되었어요. 여기가 어디냐고요?"

그다음에는 자신의 부모님한테였다.

그렇게 해서 제일 먼저 그의 시야에 보인 사람이 바로 유미의 아버지, 정필호였다.

이것만 봐도 정필호가 딸에 대한 애정이 얼마나 극진한지 알 수 있었다.

그의 유미를 부르는 목소리가 우렁차게 병원을 울렸다.

"유미야! 유미야!"

"장인어른, 여깁니다. 여기예요."

멀리서부터 뛰어오는 정필호의 모습.

신발을 짝짝이로 신고 온 걸 보니 그 역시 민호만큼 당황했던 것 같았다.

그는 재빨리 민호에게 다가 와 민호의 멱살을 잡았다.

"우리 유미는? 괜찮아? 괜찮냔 말야!"

정필호 역시 드라마를 많이 본 게 아닐까…?

…싶었다.

195회. 탄생의 위대함

멱살 잡힌 민호가 정필호를 보며 재빨리 말했다.

"괜찮습니다, 장인어른. 걱정 안 하셔도 된답니다."

"진짜지? 그 말 사실이지? 만약 우리 유미한테 무슨 일이 생기기라도 하면… 네 녀석을… 네 녀석을…."

눈을 부릅뜬 정필호.

하필이면 이때 아까 그 간호사가 나와서 이 장면을 보고 말았다.

참 희한한 집안이라고 생각한 그녀.

고개를 한 번 좌우로 저으며 나직하게 소리 냈다.

"정유미 씨 보호자분! 정유미 씨 보호자분!"

"네? 접니다."

"내가 걔 아비유!"

민호와 정필호가 간호사를 정확히 같은 순간에 돌아보았다.

지금 이 순간에 자신들을 부르는 소리가 무엇을 의미하는지 잘 알고 있었다.

탄생. 아마 그 소식이리라.

드디어 간호사의 입에서 기다리던 그 소식이 들려왔다.

"아기 나왔어요."

"정말이요?"

"진짜요? 산모는? 산모는 무사한가?"

민호는 눈을 크게 떴고, 정필호는 또 오버했다.

간호사는 어이가 없다는 듯이 정필호를 보면서 이렇게 말했다.

"아이와 산모 모두 건강합니다. 두 분은 이쪽으로 오세요."

정필호는 재빨리 민호의 멱살을 놓았다.

민호 역시 서둘러서 간호사를 따라갔다.

간호사는 그 둘을 데리고 유리로 되어 있는 신생아 보호실로 이끌었다.

거기에 다른 간호사 한 명이 아이를 들고 있었다.

민호와 정필호의 얼굴에 저절로 미소가 깔리게 만드는 아주 예쁜 아가.

"캬… 저 녀석! 유미 닮았네요."

"그… 그러게. 하하하."

조금 전까지 멱살을 잡고 잡혔던 촌극이 있었다고는 전혀 떠올릴 수 없는 모습들의 두 남자.

아이를 바라보는 둘의 미소는 더 진해지고 있었다.

⚜

인간의 뇌는 신비하다.

예전에 있었던 모든 것을 다 기억 못 하다가도, 단서 하나를 톡 던져주면 마치 DNA가 얽혀 있는 것을 연결하듯이 앞 뒤의 스토리를 이어붙여 버린다.

지금 민호의 아이를 보는 재권의 심정이 그러했다.

예전에 자신의 큰 누나, 안수현이 출산했을 때가 기억이 났다.

초대받지는 않았지만, 아버지의 손을 붙잡고 산부인과에 가서 아이를 보았다.

오물오물.

입술이 무언가를 찾을 때 내는 모양이 지금 민호의 아이와 완전히 같았다.

"제수씨 닮았네."

"그죠? 저도 다행이라고 생각했습니다. 그리고 성격도 유미를 닮았으면 좋겠어요."

"응? 그건 왜? 네 성격도 나쁘지 않잖아."

사람은 자기가 가지고 있지 않은 면을 부러워하는 법.

민호는 유미의 현명함과 여성스러움이 아이에게 깃들기를 바랐고, 재권은 아이가 민호의 당차고 자신감 있는 모습을 겸비하기를 원했다.

"에이, 여자아이가 너무 저처럼 나대면 미움받아요."

"그런가?"

"그럼요. 하하하."

민호의 웃는 모습을 보며 속으로 많이 부러웠다.

아이가 갖고 싶다.

간절히 원하는 바이다.

자신의 큰 형, 안재현과 작은 형, 안재열이 아이가 없어서 더더욱 겁이 났다.

이대로 형들의 전철을 밟아서 아이를 생산하지 못하는 건 아닌지.

재권은 재빨리 속으로 그것을 부정했다.

안 좋은 생각을 하면, 진짜 안 좋은 스토리로 흘러갈지 모른다고 겁먹고 다른 화제를 떠올리려고 애썼다.

다행히 화젯거리가 외부에서 생겼다.

엘리베이터의 문이 열리는 소리가 들리고 커다란 화환이 옮겨지고 있었다.

"우와… 저렇게 큰 화환은 처음 봐."

"저도요. 어떤 사람이 저렇게 무식하게 큰 화환을 보냈을까요?"

두 사람의 눈은 커져만 갔다.

궁금하기도 했다.

저 엄청난 화환을 어디로 가져가는 것일까?

그때.

“김민호 씨! 정유미 씨!”

민호를 부르는 배달원의 목소리.

민호는 갑작스러운 부름에 손까지 들어올렸다.

“네? 접니다. 제가 김민혼데요?”

“아, 네. 이거 어디다가 놓을까요?”

꽃 배달하는 사람이 민호에게 물었다.

그러자 민호는 어리둥절한 눈빛으로 그에게 되물었다.

“이 꽃은 누가 보낸 거예요?”

“이거요? 잠시만요. 아, 성혜 그룹 회장, 안재현이라고 여기 적혀 있잖아요. 아시는 분 아니세요?”

“아….”

매우 뜻밖의 사람이 그의 입에서 튀어나오자 민호는 잠시 놀라서 재권을 바라봤다.

마침 재권도 민호를 보고 있었다.

그 역시 신기한 모양이다. 자신의 큰 형이 민호를 이렇게 챙겨줄지는 정말 몰랐다.

민호는 입원실로 꽃배달 하는 사람을 안내했고, 그 앞에 거대한 화환이 자리했다.

사람들이 이동하는 데 불편할까 봐 살짝 걱정은 됐지만,

민호는 사실 자신만 아는 인간이었다.

장애물이 있으면, 알아서 피하게 되어 있다고 스스로 이야기하면서, 곧바로 양심의 가책은 살짝 뒤로 넘겼다.

그러나 바로 유미가 그 화환을 보고 인상을 찌푸렸다.

"다른 사람 통행에 꽤 불편할 거야. 좀 옮기자, 저쪽 공간으로."

"응?"

"아냐, 잠시만… 내가 옮길게."

출산한 지 약 36시간이 지났을 뿐이다.

유미가 그 화환을 옮기려고 하자 민호의 눈이 커졌다.

"안 돼. 내가 할…."

"끙차!"

"…게…."

들고 있었다.

유미가 그 화환을.

들었을 뿐만 아니라 진짜 옮기고 있었다.

놀라서 아무 말도 못 하는 민호를 두고 좀 더 넓은 곳으로 이동시킨 유미는 화환을 놓고 손을 탈탈 털었다.

"……."

무슨 말이 필요할까?

괜찮냐고? 어떻게 그렇게 힘이 나냐고?

"험, 험."

그저 헛기침만 할 뿐이었다.

멀쩡한 자신이 들어도 쉽지 않은 큰 화환을 드는 유미를 보며 민호의 머릿속에서는 피트니스 클럽을 다녀야겠다는 생각이 휙 스치고 지나갔다.

⚜

민호가 아이가 태어나서 잠시 글로벌을 비웠지만, 여전히 톱니바퀴처럼 잘 굴러갔다.

경제연구소가 컨트롤 타워의 역할을 하는 한 민호가 며칠 빠진다고 해서 큰 문제는 없을 것 같았다.

글로벌 마트는 드디어 부산, 인천, 광주점이 오픈했다.

소비자들이 오래 기다려왔던 건지, 아니면 홍보가 잘된 건지 모르겠지만, 오픈하자마자 역시 역사를 쓰고 있었다.

연말에 대구와 대전이 오픈하면 이제 완벽한 자회사로서 상장까지 생각해 봐야 할 위치였다.

글로벌 푸드의 사업은 활황이었다.

국내 내수 경기의 전반적인 부진 속에서도 여기서 나온 먹거리들은 날개돋힌 듯이 팔렸다.

인도네시아의 수출은 나날이 늘었고, 드디어 말레이시아로 시장이 확대되었다.

한편, 성혜와 공동으로 만든 합작 법인에서는 드디어 알츠하이머 신약이 생산되며 잘 팔리고 있었다.

거의 독점적인 지위를 누리는 상황에서 국내뿐 아니라 일본과 중국 등 아시아로 수출할 만큼의 물량이 연말에 생산되면, 더 큰 이익을 남길 것으로 추산되었다.

한편, 건설은 건설대로 드디어 실버큐어타운의 첫 삽을 뜨기 시작했다.

그런가 하면 인도네시아에서 석탄화력발전소의 대금이 계속 들어오고 있고, 인도네시아판 신도시 사업으로 올해 사상 최대 매출과 순이익은 따 놓은 셈이었다.

심지어 1기 신도시 재개발 산업의 청신호가 켜졌다.

조명회 대표의 요즘 얼굴이 확 필 수밖에 없는 이유다.

이렇게 지금까지 저조했던 건설 분야가 점점 기지개를 쓰는 상황에서 당연히 다른 건설회사도 먹잇감을 향해 이빨을 드러낼 시기.

특히, 늘 촉각을 곤두세우고 있는 라이벌 그룹 성혜 건설이 아시아의 인프라 수주를 꽤 받았고, 국내에서 1기 신도시 재개발 산업에 발을 들여놓을 준비를 하고 있었다.

이 두 회사를 바라보기만 했던 방정구 역시 건설회사를 인수했다.

그러면서 아예 드러내 놓고 JJ 사모펀드가 그룹화의 행보를 보이고 있었다.

이제 홈마트와 건설, 제약, 인터넷 쇼핑몰에 무역상사까지.

민호가 유미와 함께 산후조리원에 들어갈 때, 드디어 JJ

그룹이 탄생하게 되었다.

회장에는 방정구의 아버지인 방용현이 올라섰다.

"이제 대놓고 하네요."

"……."

산후조리원의 대기실에서 뉴스를 보던 민호의 얼굴에 비웃음이 가득했다.

마치 미끼를 문 대어를 잡은 느낌이랄까?

옆에서 지금까지의 상황을 보고하러 온 구인기가 살짝 머쓱할 지경이었다.

"여기저기 사람들에게 물어보고 있는데, 축적된 현금이 꽤 많은 거 같다고 합니다. 최근에는 식품과 택배회사를 알아보는 중이라고. 점점 넓혀가고 있습니다."

"그래요? 식품과 택배까지? 정면으로 붙자는 이야기네요. 흠… 그런데 축적된 현금이 많다는 이야기는 동의 못 하겠네요."

"……?"

"홈마트를 보세요. 상장된 곳을 폐지했었잖아요. 그런데 그 이후 인수한 다른 회사는 여전히 상장을 유지하고 있어요."

맞는 말이다.

원래 글렌초어 계열 하위조직이었다면, 이런 식으로 일을 처리하지 않았다.

그런데 방정구는 완전히 다른 방식으로 일을 처리하고

있었다.

마치 음지가 아닌 양지를 지향하듯이 태양 앞에 몸을 완전히 드러냈다.

이렇게 되면 투자자금을 모으기 쉽지만, 반대로 공격을 받는 것도 감수해야 한다.

따라서 구인기가 알아온 정보의 이면에서 어쩌면 돈이 부족할지도 모른다는 예측을 해볼 수 있었다.

민호는 거기다가 에이스 그룹의 존슨과 방정구의 불협화음까지 있을지도 모른다고 생각했다.

심지어 이 기회에 방정구가 에이스 그룹에서 독립할 가능성까지 있었다.

지이이잉.

여러 갈래로 예측하던 민호의 주머니에서 진동이 울렸다.

재권이었다.

"아, 형님."

(응. 나 거기 병원 가는 중이야.)

"네? 오늘도요? 아니 매일 출근 도장 찍으십니까? 아무리 우리 아이가 예쁘다고 해도…."

(그게 아니라… 놀라지 마. 유정이가… 유정이가… 태기가 있는 거 같아.)

"……."

놀래지 말라고 했지만, 놀라라고 하는 말이나 다름없었다.

당연히 민호는 놀랐다.

"정말입니까?"

(확신할 수는 없지만… 테스트기에는… 하하하.)

그토록 아이를 소망했던 이들 부부였는데.

전화를 끊고 구인기를 보며 미소를 짓는 민호.

"본부장님이 오신다는데요?"

"아, 그렇습니까?"

"그런데 형수 님이 태기가 있다고… 하하하."

자기 일처럼 좋아하는 민호를 보며 구인기도 같이 웃었다.

그러나 사실 속은 살짝 공허했다.

민호의 아이를 아까 보고 와서 느낀 점은 바로 그리움이었다.

가족에 대한, 아내에 대한, 그리고 자식에 대한.

그는 이혼했다.

이미 아내와 아이들은 미국으로 떠났고, 현재는 외롭게 혼자서 살고 있었다.

이제야 가족의 소중함을 느꼈지만, 이미 떠난 배였다.

그 상황에서 주변에 있는 사람들의 행복을 보니 당연히 부러울 수밖에.

"그럼 전 이만 가보겠습니다."

"네, 오늘 고맙습니다."

민호의 인사를 받고 나오는 길.

구인기는 스마트폰을 꺼냈다.

연락목록을 보며 한참을 망설인 그는 드디어 결심한 듯 통화버튼을 눌렀다.

"으응… 나야. 그래. 잘 있지? 애들은? 아, 학교? 맞아, 지금 시간이 학교에 있을 시간이지? 응? 전화 왜 했냐고?"

여기서 살짝 말문이 막혔다.

그는 중지 손가락으로 자신의 왕 점을 동글동글 만지면서…

"이런 이야기 좀 진부하게 들릴 텐데… 솔직히 목소리 듣고 싶어서 했어."

라고 진지함을 목소리에 실었다.

"……."

대답은 없었다.

잠시 저편에서 침묵이 이어졌다.

아마도 한 번에 마음을 돌리기는 쉽지가 않을 것이다.

196회. 신은 공평하다?

민호는 오지랖이 넓지 않다.

그런 그가 남의 일에 상관할 때에는 그 사람이 그만큼 가깝다는 뜻이었다.

지금 옆에서 환한 미소를 짓는 재권이 바로 그 사람이다.

"축하드려요, 형님. 하하하."

"아… 하하…. 이거 누구나 다 있는 일인데… 괜히 혼자만 좋아하는 거 같아."

"에이, 진짜 오래 기다리셨다는 거 알아요. 형수 님도 축하해요."

유정의 얼굴에도 만족감이 깃든 미소가 떠올랐다.

종로 산부인과는 산후조리원과 같은 건물을 쓰고 있었다.

지하 1층부터 2층까지 산부인과였고, 5층부터 6층이 산후조리원이었다.

남 같지 않은 재권과 유정 부부에게 축하 인사를 하러 내려온 민호.

아직 유미는 찬 바람을 쐬면 안 되었기에, 위층에 남았다.

"민호 씨, 아기 한 번 더 봐도 돼요?"

유정은 지난번 이미 민호의 아이를 보고 갔는데, 또 보고 싶은가보다.

아이를 가졌기 때문에 그런지 몰라도 더더욱 모성애가 짙어지는 모습이었다.

민호는 그녀가 부탁하자 당연히 승낙했다.

그런데 위로 올라갔을 때, 민호는 자신의 아이가 자리에 없다는 걸 확인하고 담당자에게 물었다.

"아이 엄마에게 갔어요. 모유 수유한다고."

"아…."

잘 됐다 싶었다.

아직 어려서 항상 같이 있을 수는 없었다.

하지만 거의 온종일 잠만 자는 아이라도 아빠의 마음은 곁에 머물고 싶은 게 당연한 일.

재권과 유정에게 잠시 기다리라고 하며 위층으로 올라갔다.

방에 들어가보니 유미가 아이를 안고 있었다.

"모유 수유 다 했어?"

"응. 근데 오빠. 말도 안 되는 이야기지만, 아이가 나를 보는 거 같아."

"잉? 정말?"

유미의 말에 되묻긴 했지만, 그럴 리가 없다고 생각했다.

아이의 얼굴 인식은 생후 8주 안에 불가능하다.

그냥 부모가 착각하는 것일 뿐이다.

그래도 유미의 말에 예의상 반응해주며 민호 역시 아이의 얼굴 앞에 자신의 얼굴을 들이댔다.

그랬더니…

"어? 우리 아기… 웃고 있네. 하하하."

티 없이 맑은 웃음이란 바로 이것을 의미하는 것 같았다.

이 웃음에 전염되어 가는 두 사람.

며칠 후 드디어 산후조리원을 나오게 되었다.

민호는 조심스럽게 장착한 신생아 카시트에 아이를 눕혔다.

여전히 아이는 자신을 보며 미소를 지었다.

한없이 맑은 미소를 가진 이 아이의 이름은 나래다. 김나래.

"나래야, 잠시만. 엄마가 안고 집까지 가면 더 위험하니까… 여기에 잠시만 있어. 멀미나면 말하고."

"나보고 오버하지 말라고 하면서, 오빠가 더 하는 거 같아. 멀미나는데 우리 나래가 어떻게 말해?"

신생아 카시트 옆에 탄 유미가 민호를 바라보며 웃었다.

가끔 유미가 자신의 말을 알아듣는 것 같다고 말했는데, 그때마다 민호가 엄마 팔불출이라고 놀렸던 걸 복수하는 것이다.

"말하라는 게 아니라, 표현하라는 거지. 하하. 어쨌든 그것도 오버 맞네. 아직 내 말은 못 알아들을 테니까."

민호는 운전석에 앉아서 사이드 브레이크를 내렸다.

그러고 나서 아주 조심스럽게 가속기를 밟았다.

이제 평소보다 더 주의 깊게 운전을 할 차례였다.

카오디오에서 나오는 클래식이 차 안을 평화롭게 만들고 있었다.

드디어 다 도착했을 때, 민호는 다시 한 번 아이와 대화를 시도했다.

"나래야, 드디어 집이야. 아빠가 너 온다고 어제 내내 청소했단다."

이번에는 유미도 아무 말 하지 않고 미소만 지었다.

그녀는 결혼생활 내내 늘 확신했다.

민호는 따뜻한 아버지이자, 훌륭한 남편이 될 거라는 걸.

회사 일이 바쁜데도 휴가를 낸 것을 보면 확실했다.

물론 그 와중에 부하직원이 들러서 가끔 보고하며 원거리 업무를 보았지만, 그녀는 만족했다.

거기다가 그녀의 몸 상태도 최상이었다.

신기하게도 지금까지 그녀가 다른 산모들에게 들었던 산후의 후유증은 별로 없었다.

일주일 만에 산후조리원에서 나온 걸 보면 확실했다.

민호는 몸 생각해서 더 있다고 말했지만, 그녀가 느꼈다.

이제 퇴원해도 될 몸이었다. 굳이 돈 낭비할 필요가 없다고 생각했다.

그런데…

“내일부터 산후 도우미 아줌마 올 거야. 이건 절대 반대하지 마. 산후조리원에서 환불한 돈으로 하는 거니까.”

“…….”

그것까지는 어쩔 수 없다는 듯이 민호의 말에 살짝 고개를 끄덕이는 유미.

어느새 엘리베이터가 정지하고 드디어 그들의 보금자리에 도착했다.

도착하자마자 민호가 할 일은 꽤 많았다.

아직 몸이 회복되지 않았다고 생각한 유미를 대신해서 가사 일과 육아를 돕기 시작한다고 다짐한 그였다.

거기다가 조리원에 있던 물건을 모두 풀고 집에다가 재배치하는 동안 가끔 유미에게 주의를 환기해야 했다.

“움직이지 말고, 그냥 나래 옆에 있어.”

자꾸 자신을 도우려고 움직인 그녀.

심지어 이런 말까지 했다.

“저녁 준비는 내가 할게.”

“시켜먹을 건데.”

“왜? 그냥 내가 해도 돼.”

"못된 남편 만들려고 마음먹었니? 플리즈! 제발 그냥 가만히 쉬어주세요. 그게 저를 돕는 거예요, 마마."

애정이 잔뜩 섞인 말투로 다시 그녀를 꼼짝 못 하게 만들 무렵 초인종이 울렸다.

민호의 얼굴에 의아함이 새겨졌다.

누굴까? 집안에 있는 화면으로 밖을 보는데, 정필호의 얼굴이 크게 나와 있었다.

어떻게 저 산적 같은 얼굴에서 예쁜 유미가 태어났을까?

"어? 장인어른?"

(문 열어라. 유미 엄마랑 같이 왔어.)

"네? 네, 네. 알겠습니다."

오늘 조리원에서 나온다는 이야기를 오전에 했다.

그런데 이렇게 그가 찾아올 줄은 몰랐다.

아마도 손녀 보고 싶은 마음에 발걸음을 옮긴 것 같았다.

역시 들어오자마자 정필호는 나래부터 찾았다.

"아이고, 우리 손녀! 우리 나래!"

나래는 정필호가 이름을 지었다.

민호가 지어달라고 요청했었고, 그는 매우 흐뭇해하며 그 이름을 지어주었다.

"저렇게 좋으실까?"

유미의 어머니는 고개를 흔들며 바로 음식 준비를 하기 시작했다.

"어머니, 놔두세요."

"아냐, 아냐. 자네 내일부터 출근 아닌가? 장모가 되어서 그냥 보낼 순 없지. 오늘 저녁이랑, 내일 아침 먹을 거도 다 해 놓고 갈게."

"아… 하하…."

민호는 어색하게 웃으며 뒷머리를 긁었다.

그의 눈에 여전히 나래를 어르고 있는 정필호가 보였다.

막내 딸을 얻은 듯이 신 나 있는 표정.

그 얼굴을 보니 저절로 민호의 얼굴에 미소가 터져 나왔다.

어느새 옆에 온 유미가 자신의 어깨에 머리를 기댔다.

이게 바로 행복인 것 같았다.

⚜

다음날 회사에 출근하자마자 밀린 일이 산더미라고 생각한 민호.

그러나 경제연구소의 구성원은 자신이 없는 동안 꽤 잘 해내고 있었다.

베테랑티가 물씬 풍기는 구인기 차장과 그 밑에 강태학과 차원목 과장이 부하직원을 차분하게 이끌었다고 들었다.

비록 새로운 프로젝트를 추진한 것은 없었지만, 그동안 해왔던 일들을 잘 진행할 수 있도록 중간에 기름칠한 이들이 이제 믿음직스러웠다.

하지만 조금 더 바쁘게 만들어야 할 것 같았다.

"김 대리님."

"네, 소장님."

"두바이 출장 준비하세요."

"……?"

오자마자 아영에게 출장이야기를 던졌다.

며칠 전에 종섭과 통화해서 두바이의 인프라 수주 건으로 협조 요청이 들어왔다.

민호는 이참에 에너지 쪽도 손대볼 요량이었다.

"두바이에서 이종섭 지사장하고 해줄 일이 있습니다. 그리고 그쪽 석유와 천연가스 상황 좀 체크해주시고요."

"네, 알겠습니다."

"임동균 씨, 저번에 루이스가 귀국한 이후 별다른 일은 없었나요?"

"어제 방정구와 평택항을 방문했습니다."

루이스는 에이스 그룹의 남아메리카 총괄사업부장.

며칠 전에 내한해서 방정구와 함께 이곳저곳을 다니고 있었다. 그런데 둘이 평택항을 갔다 왔다는 소식에 민호의 눈이 꿈틀거렸다.

"중국과 거래할 생각이군요. 일을 점점 크게 벌이는데?"

"제 예상도 마찬가집니다. 아무래도 방정구와 루이스가 손을 잡고 반역을 꾀하는 거 같아요. 헤헤."

반역이라는 말을 장난스럽게 내뱉고 있는 임동균.

그는 민호가 세워놓은 계획을 잘 알고 있었다.

방정구를 자극해서 글렌초어의 내부를 흔드는 일.

물론 세부적으로 A가 B와 만나서 C라는 사건을 일으킬지는 절대 알 수 없었다.

자극이라는 대전제에 결과물이 혼돈으로 치달으면 목표는 달성될 뿐이니까.

지금 바로 그 혼돈의 문이 열리고 있었다.

최소한 방정구와 루이스가 손을 잡으면, 미국에 있는 에이스 그룹이 흔들릴지도 몰랐다.

⚜

성혜 그룹의 회장실.

요즘 이곳도 신지석과 이용근, 김명철의 방문이 꽤 잦아졌다.

안재현이 누군가를 믿는지 안 믿는지는 아무도 모르지만, 이들 셋이 최측근이라는 것은 부정할 수 없는 사실이었다.

지금은 신지석이 보고하는 상황이었다.

"JJ 물산에서 중국 쪽을 파고들고 있습니다. 루이스라는 남미 계 사업가가 방정구에게 자금 지원을 하는 정황이 포착되었습니다."

"루이스라…."

"네. 브라질 월슨 사의 대표입니다."

"에이스랑 관련이 있는 거 같아."

원래 안재현은 촉이 좋았다.

그 누구보다도 자신을 믿는 이유가 바로 동물적인 감각 때문이었다.

어쨌든, 루이스와 에이스가 관련 있을지도 모른다는 말을 내뱉자, 바로 김명철이 나섰다.

"조사해보겠습니다."

그 대답에 고개를 끄덕이는 안재현.

이번에는 그의 시선이 이용근에게 돌아갔다.

그 차례라는 의미였다.

시선을 받고 나서 이용근이 입을 열었다.

"김민호가 꽤 큰 작전을 세운 거 같습니다."

보고는 안재현에게 했는데, 신지석과 김명철이 그 말에 귀를 기울였다.

신지석은 직접 사람을 움직여 정보를 얻고, 김명철은 해킹을 통해 데이터를 분석한다.

하지만 이용근은 이들과 달랐다.

모든 자료를 촘촘하게 조사한 후 가설을 확립하고, 그게 확실해진 후에 안재현에게 보고한다.

그리고 지금까지 대부분 그의 보고는 앞일을 예언하는 수준이었다.

"계속 말해봐."

"글렌초어의 내부 분쟁!"

"……!"

안재현의 뱀눈에 열기가 솟아올랐다.

이 얼마나 듣기 좋은 말인가.

적의 내란은 곧 아군의 기회였다.

"먹을만한 곳을 한 번 조사해 봐."

"네, 알겠습니다."

이용근이 대답하고 회장실 문을 나섰다.

김명철 역시 마찬가지.

다만 신지석은 남아 있었다.

그가 회장의 비서실장이라고는 하지만, 그게 안재현의 수발을 든다는 의미가 아니었다.

따라서 같이 나가야 하는 게 정상인데, 남았다는 것은 뭔가 해야 할 말이 더 있다는 뜻이었다.

안재현도 그것을 눈치채고 그를 바라봤다.

그러자 신지석이 조심스럽게 입을 열었다.

"허유정 씨가… 임신했습니다."

"……!"

조금 전까지 열기에 가득한 뱀눈이 더더욱 커졌다.

대신 이번에는 열기가 아니었다.

뭐라고 표현하기 힘든 아주 미묘한 감정이 섞여 있었다.

신지석은 여기까지가 자신의 임무라고 생각했다.

그래서 조용히 회장실을 빠져나갔다.

남은 안재현.

이복동생의 아내가 임신했다는 사실을 곰곰이 생각하는 그가 잠시 일어섰다.

오랜만에 회장실의 버티컬 블라인드를 완전히 다 치고 싶었다.

좌르르르륵.

끝까지 올린 후에 유리창에 두 손을 대고 밖을 바라보았다.

수많은 차가 눈에 보였다.

수많은 사람도…

그리고…

가끔 아이들도 아장아장 걸어 다니고 있었다.

오늘따라 그 모습들이 유난히 잘 보였다.

"하아…."

그의 입에서 한숨이 새어나왔다.

신은 자신에게 없는 것을 항상 남에게 베푸는 것 같았다.

197회. 빠빠빠

미국의 맨해튼.

에이스 그룹의 본사가 있는 곳에서 희끗희끗한 머리에 단춧구멍 눈을 한 존슨 글렌초어.

그가 퇴근 전에 하는 일은 늘 비슷하다.

아메리카 대륙과 아시아에서 생기는 보고를 듣고 하루를 마감하는 것.

그런데 오늘따라 표정이 매우 좋지 않았다.

사실 최근에 기분이 좋았던 적이 별로 없었다.

그 이유는 방정구와 루이스가 손을 잡고 일종의 반란을 일으킨 것 때문이다.

물론 그들이 '저 이제 에이스 그룹을 배신하고 따로 놀래요!' 라고 직접 말한 것은 아니다.

그러나 딱 봐도 알 수 있다.

아주 적절한 시기에…

그들은 손을 잡았고, 그는 그들에게 뭐라고 할 수가 없었다.

당연히 기분이 저기압일 수밖에.

리모컨을 힘주어 누르는 것만 봐도 그의 기분 상태를 알 수 있었다.

지이이이잉.

루이스와 방정구의 보고를 다 확인한 후 모니터를 끄자, 좌우로 벌려진 문이 닫히는 소리가 귀에 들어왔다.

옆에 있던 그의 양자, 벤 글렌초어의 목소리 또한 바로 들렸다.

"둘이 손을 잡을 줄은… 예측하지 못했네요."

갈색 머리에 갈색 눈빛이 매우 매력적인 사나이.

하지만 평소에 자신감 넘치던 웃음은 그의 표정에서 사라졌다.

심지어 존슨의 다음과 같은 말을 듣고…

"결국… 저 녀석들을 포용해야겠어."

아예 인상이 찌푸려졌다.

"아버지!"

"이대로 내칠 수는 없잖아. 남미와 아시아를 버리면, 그룹 자산의 4분의 1이 날아가 버린다."

"스위스 본가에 말하면 되잖아요."

스위스 본가는 글렌초어를 말하는 것이었다.

본사가 아니라, 본가라고 말하는 이유는 이들이 가문의 일원임을 의미했고.

글렌초어는 전 세계적으로 뛰어난 경제동물을 양자로 들이는 전통이 있었다.

글렌초어가 지금까지 생존해왔던 방식은 아주 간단했다.

그들은 오히려 핏줄을 더 부정했다.

권력의 정점이 죽고 나서 형제의 난이 일어나는 것은 역사적으로 증명해 온 일이다.

차라리 야망을 실현할 마당을 깔아주고, 그중 최고에게 부와 권력을 승계하는 게 글렌초어라는 이름을 지킬 수 있다고 봤다.

대신 가문을 배신했을 때에는 강하게 응징했다.

피로 맺어지지 않았기 때문에, 오히려 철저하게 응징이 가능했다.

지금 벤이 말한 의미.

글렌초어 본가에 말해서 방정구와 루이스를 응징하자는 뜻이었다.

에이스를 배신했다는 명분을 들을 수 있었다.

하지만 존슨의 고개가 좌우로 세차게 흔들렸다.

"그럼 지금까지 세웠던 계획은? 그 야망을 버릴 거냐?"

"그… 그건…."

이들이 꿈꾸던 야망은 글렌초어의 본가를 미국으로 옮긴다는 계획이었다.

스위스의 글렌초어 가주가 최근 몇 년간 시름시름 앓고 있었다.

당연히 후계자들이 각축전을 벌이는 중이다.

자산 1위가 바로 다음 후계자에 올라서는데, 현재까지는 근소한 차이로 존슨이 라이벌들을 따돌리고 있었다.

이런 상황에서 휘하에 있던 아시아와 남미의 자산이 떨어져 나간다면, 다른 경쟁자들에게 역전을 허용한다.

"젠장… 젠장… What the fucking…!"

분을 참지 못한 벤.

그는 감정 표현에 적극적이었다.

하지만 딱 거기까지였다.

존슨의 뜻대로 하는 수밖에 없었으니.

분노를 삭이며 이곳에서 나가는 벤의 문 닫는 소리가 존슨의 귀에 울려 퍼졌다.

단춧구멍 눈을 감았다.

그렇게 잠시… 시간을 보내고 나서 스마트폰을 손에 쥐었다.

– 뚜–

9번을 길게 누르는 그의 엄지손가락.

– 뚜르르르르.

신호음이 가기 시작했다.

방정구였다.

그는 지금 방정구에게 연락을 취하고 있었다.

예전에는 바로 받더니, 요즘은 전화벨이 몇 번이나 울려야 받는 방정구.

(아버님. 하하하.)

최근에는 회장이라는 호칭을 전혀 사용하지 않았다.

자신을 양아버지로는 인정하되, 회장으로 인정할 수 없다는 느낌까지 들었다.

"오오, 정구야. 그래 오늘 보고서는 잘 봤다. 요즘 네가 아시아에서 정말 잘해주고 있어. 허허허."

(아… 뭘요. 아시겠지만, 시대가 바뀌면 방법도 바뀌야 한다는 걸 보여드리고 싶었습니다.)

"그래, 그렇구나."

반응은 했지만, 전화기를 쥐지 않은 다른 한 손은 부르르 떨고 있었다.

참겠다. 지금은…

그러고 나서 자신이 권력을 잡았을 때, 너는 제거 1순위다.

마치 그 다짐을 하는 눈빛으로 존슨이 입을 열었다.

"내년에 한국을 방문할 예정이란다. 네가 말한 동북아시아 허브로… 적합한 곳이더구나. 이제야 깨달았다."

(정말입니까? 잘됐네요. 하하하.)

오늘따라 방정구의 웃음소리가 정말 듣기 싫은 존슨.

그의 눈빛에 분노의 불씨가 자리 잡고 있었다.

⚜

정시 퇴근이라는 말은 민호가 잊고 살았던 단어였다.

그러나 최근에는 그것을 생활화하고 있었다.

집에서 자신을 기다리고 있는 유미와 나래를 생각하면 당연한 일이었다.

그런데 가는 길에 오는 전화.

블루투스 화면을 보니

– 역삼각형 이용근

이었다.

받을지 말지 고민했다.

받으면 제대로 집으로 들어가기 힘들 거라고 여겼다.

그렇다고 안 받으면 중요한 대화를 놓칠 수 있다고 생각했다.

"에이, 젠장…."

결국, 화면을 누른 민호.

"여보세요?"

"……."

말소리가 들리지 않은 이유.

민호가 버튼을 누름과 동시에 상대 측에서 포기한 모양이었다.

다시 전화가 올 것이다.

그렇게 생각하고 있는데, 역시나 전화벨이 울렸다.

헌데 이번엔 다른 사람이었다.

– 끝판왕 안재현

머릿속에 그림이 그려졌다.

자신과 전화 연락이 안 된다고 칭얼거리는 이용근.

그 말을 듣고 '내가 해볼게.' 라고 말한 안재현.

말도 안 되는 상상으로 미소를 지으면서 민호가 버튼을 누르며 전화를 받았다.

"여보세요?"

(할 이야기가 있어서.)

"전화로 하면 안 되는 거죠?"

(만나야 할 거 같아.)

"오늘 꼭 만나야 하나요?"

(아니, 오늘은 나도 바빠.)

다행이라고 여겨야 하나?

어쨌든 사랑스러운 딸을 오늘 볼 수 있다고 생각해서 민호는 즐거운 마음에 말을 이었다.

"그럼 제가 한 번 또 놀러 가겠습니다. 지난번 화환 보내준 인사도 드려야 할 거 같았는데, 잘됐네요."

민호는 내일 찾아가겠다는 말로 전화를 끊었다.

마침 카오디오에서는 베토벤의 운명 교향곡이 흘러나오고 있었다.

"빠바바밤! 빠바바밤!"

민호는 입으로 음률에 맞추어 소리를 냈다.

내일 뭔가 운명과 같은 일이 생기지 않을까?

어쩌면 자신과 손을 잡고 에이스와 글렌초어를 치자는 제의를 할지도 몰랐다.

그렇게 된다면, 무엇을 선택할지 지금부터 곰곰이 생각해야 한다.

그것에 대한 계획을 세우려고 하는데 벌써 집에 당도했다.

회사와 가깝다는 점이 생각할 여유를 깊게 만들어 주지 못했다.

사실 엘리베이터 앞에 도착했을 때, 이제 직장일은 차에다가 버리고 왔다.

벌써 눈에는 아이의 미소가 잔뜩 떠오르고 있었다.

집에 들어가자마자 바로 아이를 찾은 민호.

"애기 얼굴 닮겠네, 닮겠어. 아주 그냥 신랑이 너무 애를 좋아해. 호호호."

산후 도우미 아줌마가 어영부영 인사하고 애기를 보러 가는 민호의 뒤통수에 대고 웃음을 날렸다.

그러거나 말거나 민호는 아이의 곁에 다가가 가만히 내려다보고 있었다.

신기하게도 자신의 얼굴을 보면서 나래는 환한 미소를 지었다.

착각인지 모르겠지만, 입술을 내밀며 뭔가 말하려고 하는 것 같았다.

"읍~빠! 빠! 빠!"

"헐… 유미야. 얘가 나한테 아빠라고 불렀어."

말도 안 되는 소리였다. 어쩌다가 나온 발음이었고, 생후 한 달도 안 된 아이는 옹알이도 버겁다.

그 이야기를 들은 유미는 고개를 저으며 도우미 아줌마에게 말했다.

"이제 들어가세요. 아… 그리고 이번 주까지만 나오시는 거 알죠?"

"응, 그려. 아유, 새댁은 방금 애 난 사람 같지가 않아. 원래 붓기 빠지려면 시간이 꽤 필요한데… 일도 잘하고. 신랑이 아주 그냥 좋겠어, 좋아. 호호호."

딱 들어도 수다스러운 아줌마였다.

그 호들갑스러움에 유미는 살짝 미소를 지었다.

이윽고 아줌마가 가고 차려진 저녁 식탁을 보며 유미가 민호를 불렀다.

"오빠~ 밥 먹어야지."

"응. 잠시만."

민호는 여전히 나래삼매경에 빠졌다.

다시 한 번 자신에게 '아빠' 라고 부르면 녹음하려고 스마트폰의 녹음 기능을 켰는데, 더는 소리도 내지 않았다.

어쩔 수 없이 밥을 먹으러 나가려고 스마트폰을 잠그고 방을 나서는데…

"빠! 빠바… 빠!"

"헉… 이거 봐, 이거! 유미야! 진짜 아빠라고 한다니까."

"알았어. 알았으니까 빨리 나와서 밥 먹어."

"진짠데…."

⚜

좌아아악.

저녁 식사를 마치고 나서 샤워를 하는 민호.

위에서 떨어지는 물에 온몸 구석구석 씻었다.

최근에 샤워할 때면 기대감이 가득하다.

이제 아이도 나왔고, 유미의 회복이 생각보다 더 빨랐다.

원래는 출산 후 관계는 4~6주가 가장 적합하다고 하는데, 남자라는 동물은 늘 이렇게 성급하다.

그동안 참고 있었던 것을 언젠가 풀기 위해서 만반의 준비를 다 해야 한다고 생각했기에 든 기대감이 민호를 이렇게 만들었다.

물론 기대와 더불어 실망이 가득한 건 바로 나래 때문이다.

나오면 유미와 나래는 일심동체가 되어 도저히 그 사이를 뚫고 들어갈 수가 없었다.

하긴 모성애를 욕망이 어떻게 이기겠는가.

나래가 어서 커 줘야 부부애가 다시 회복될 거라고 여긴 민호는 어쩔 수 없이 서재 방으로 들어갔다.

최근 글렌초어 조사에 꽤 시간을 투자하던 그는 뭔가

실마리를 찾아내어 많은 것을 기록하는 중이었다.

오늘도 마찬가지다.

지금까지 노트에 적은 것을 그는 먼저 살펴봤다.

글렌초어

스위스에 본사가 있으며, 유럽 전역에 막대한 영향력을 발휘하고 있는 그룹으로 세 개의 하위 조직(미국의 에이스, 호주의 칼슨 마이어, 아프리카의 소나트랙)이 있음.

기원 : 기업 역사를 역추적에서 올라갔더니 꽤 흥미로운 기록을 찾아냈음.

글렌초어의 본사는 원래 스위스가 아닌 미국에 있었는데, 1970년대 오일쇼크 당시 스위스로 이동했음. 당시 글렌초어 미국 본사의 회장이 사망한 후 일어난…

여기까지 읽고 있을 때, 뒤에서 목소리가 들렸다.

"오빠?"

"응? 유미야."

노트를 덮고 뒤를 돌아보았을 때, 민호는 유미의 눈에 그려진 애정을 느낄 수 있었다.

갑자기 머릿속에 사랑의 호르몬이 흘러나오기 시작했다.

침이 고이고 그것을 꿀꺽 삼키면서 유미에게 물었다.

"나… 나래는?"

왜 이렇게 말을 더듬는 걸까?

그가 듣고 싶은 말이 유미의 입에서 나오기를 바랐기 때문이다.

아니나 다를까, 유미는 그의 희망대로 굿 뉴스를 가져다 주었다.

"지금 막 잠들었어."

"그… 그래?"

이번에 더듬은 이유는 뜨거운 흥분 때문이었다.

얼마나 참았던가?

출산하기 전 마지막이 기억도 나지 않았다.

"몸은 많이 좋아졌어?"

"응? 응…."

유미도 약간 쑥스러운 것 같았다.

하지만 그녀의 눈에도 분명히 민호와 비슷한 열정이 빛나고 있었다.

그래서 민호는 바로 일어났다.

자신도 모르게 입에서 나오는 은밀한 질문.

"괜찮을까…?"

무엇을 물어보는지 알고 있는 유미는 살짝 고개를 끄덕였다.

그리고 이날.

민호는 둘째를 갖기 위한 날갯짓을 시작했다.

198회. 진짜 아내 유미 VS 민호 장모

세상에 영원한 것은 없다고 했다.

특히 부와 권력에서 오늘의 승자가 내일까지 그 자리를 지킬 수 있다고 장담할 수는 없을 것이다.

그런 의미에서 최근 5대 그룹에 변화가 감지된다는 뉴스가 연이어 터지고 있었다.

우리나라에서 시가총액 1위, 더블에스 그룹의 회장이 오늘내일하고 있었다.

당장 그가 가면 많은 변화가 있을 거라고 예상하는 언론들.

시가 총액 2위, 에이치 그룹의 주가는 급격하게 내려가고 있었다.

자동차 내수 판매 부진의 영향 때문이다.

3위와 4위도 마찬가지로 내홍을 겪고 있는 상황에서, 새롭게 5위로 부상한 곳이 바로 성혜 그룹이었다.

현재 안재현에게 보고하는 신지석의 표정이 밝은 이유이다.

"어제 주가에서 시가총액 순위 5위에 도달했습니다."

안타깝게도 듣는 안재현의 입장에서 약간 감흥이 없었다.

늘 표정의 변화가 없었기 때문에 속을 짐작하기 힘들었다.

그나마 입에서 내는 소리도 무슨 의중인지 알 수 없다.

"5위라…."

그게 끝이었다.

5위라서 좋다든지, 아니면 좀 더 분발하자던지.

그 말을 해 줘야 행동으로 취할 텐데, 고개를 끄덕이며 자신을 향해 손을 휘저었다.

나가 보라는 의미였다.

보고를 마치고 나가는 신지석은 바로 전략기획실에 들렀다.

기획실장 이용근을 만나기 위해서였다.

최근에는 그와 많은 이야기를 나누고 있었다.

초반에 견제했지만, 결국 한솥밥을 먹는 식구라는 걸 깨달았다.

문을 열고 들어가 보니, 언제나처럼 데이터 분석에 여념이 없었다.

“아… 신 실장님 오셨습니까?”

“네….”

“잘 오셨네요. 상의할 일이 있었는데.”

안재현의 반응으로 약간 낙담해 있던 신지석.

상의할 일이 있다는 말에 눈을 살짝 치켜떴다.

항상 상대가 이런 말을 꺼낼 때, 작은 일은 아니었다.

“뭡니까, 또?”

“글렌초어요. 거기가 좀 이상합니다.”

“뭐가요?”

“혹시나 해서 역사를 파고 있는데, 글렌초어의 본사가 미국에 있었습니다.”

이건 몰랐다. 그래서 의외라는 눈빛을 했다.

“아니… 지난번 조사에서 아주 오래전부터 스위스에 있었다고 하지 않았나요?”

“네, 그랬습니다만, 살펴보니 미국에 있었다는 흔적을 발견했어요. 이거 한 번 보십시오.”

이용근이 내민 자료에 신지석의 눈이 갔다.

보고 있는 동안 이용근은 그의 이해를 돕기 위해서 계속 말을 이었다.

“거기 보시면 알겠지만, 워낙 글렌초어라는 곳이 신비주의를 표방하다 보니 1900년대 초반에는 기록 자체가 없었습니다. 그러다가 대공황 때, 흔적을 남겼죠.”

신지석은 고개를 끄덕였다.

글렌초어가 베일에 가려져 있는 이유는 그 역시 잘 알고 있었다.

주식을 상장하지 않았기 때문이다.

그러면서 세계의 자원을 움직이고 있었으니, 참으로 대단한 곳이라고 인정할 수밖에 없었다.

"그럼 미국에서 스위스로 언제 간 겁니까?"

"그건 아직 모르겠습니다. 다만 여러 가지 흔적을 추적해보면 대략 1970년대쯤으로 보입니다. 더 신기한 건 1800년대에 영국에 있었다는 사실입니다."

"그렇군요."

여기까지 듣고 신지석은 고개를 끄덕였다.

사실 글렌초어라는 말이 흥미를 끌긴 했지만, 이렇게 미국에서 스위스로 옮겨갔다는 게 크게 중요한지는 잘 모르겠다.

이용근의 목소리에서 흥분이 섞여 있는 이유 역시 알 수 없었는데…

"제 가설 한 번 들어보시겠습니까?"

또 가설이다.

이제는 흥미가 있었다.

대부분 그의 가설은 딱 들어맞았기 때문이다.

그래서 눈을 빛내자, 이용근이 진지한 표정으로 입을 열었다.

"첫째, 글렌초어의 본사는 어떤 일이 있을 때마다 옮겨 다닌다. 둘째, 옮겨 다니는 이유는 큰일이 있었기 때문인데… 제 생각에는… 어쩌면… 최고 경영자의 죽음? 쯤 아닐까 생각되더군요."

"흠… 그래서요?"

"셋째, 인간의 수명은 영원한 게 아니니까… 이번에 정보팀에서 알게 된 사실인데… 방정구가 스위스로 어제 떠났습니다."

"아, 그래요? 그럼 본사로 간 걸까요?"

여기서 왜 수명 이야기를 하는 것일까?

고작 방정구 하나가 떠난 일로 설마 글렌초어의 회장이 죽음을 앞두고 있다고 추측하는 것일까?

"중요한 건 에이스의 존슨도 같은 시간에 스위스로 떠났습니다. 이건 뉴욕 타임즈에 나왔고요…."

뉴욕 타임즈 기사를 탭으로 열어주는 이용근.

이야기를 잘 들어주는 신지석을 향해 침을 튀기면서 가설을 설명했다.

"그 기자는 우연히 공항에서 존슨을 보고 스위스에 가는 이유를 물었는데… 당황한 나머지 그냥 비즈니스라고 했답니다. 그래서 스위스 쪽의 언론을 뒤져보았는데…."

여기저기 언론사를 다 뒤져보는 이용근이 대단해 보였다.

그쪽 언어를 다 알고 있다는 것일까?

“글렌초어의 회장이 또 한 번 병원에서 찍혔습니다. 스위스의 부르봉 병원이라고 유명한 암 치료 병원이죠. 그리고 우연의 일치인지 그 뒤에 방정구의 모습이 찍혔고… 얼마 전에 방문했던, 제가 에이스 그룹의 하부조직으로 의심된다고 말했던, 남아메리카의 윌슨사 대표, 루이스 글렌초어 아시죠? 그 사람도 방정구 옆에서 찍혔습니다.”

“……!”

신지석은 자신의 머리에 영상이 지나간다는 걸 느꼈다.

그 영상에는 얼굴은 모르지만, 글렌초어의 회장이 암 투병을 하고 있었다.

그리고 어쩌면…

“유언을 남기는 걸까요?”

끄덕끄덕.

이용근의 머리가 세차게 아래위로 끄덕였다.

그러면서 한 번 씨익 웃었다.

“그냥 가설입니다.”

⚜

같은 시각.

글로벌의 경제 연구소에서도 열띤 토론이 벌어졌다.

목소리 큰 사람이 이긴다더니, 지금 제일 목소리가 큰 사람은 바로 권순빈.

"글렌초어의 회장이 분명히 운명하기 전입니다."

"……."

"사진 보세요. 부르봉 병원 앞에서 찍힌 사람들. 존슨 글렌초어 회장, 방정구, 벤 글렌초어, 루이스 글렌초어. 그리고 기타 등등. 이들이 왜 모였겠습니까? 설마 모여서 암 치료하러?"

신 났다. 혼자 막 큰 소리로 떠들고 난리가 났다.

그것을 종식시킬 수 있는 사람은 바로 민호였다.

"권순빈 씨…."

"네, 대장."

"그 사실은 모두 다 알고 있습니다."

"……."

문제는 모두의 예상이 방금 권순빈이 말한 것과 같다는 것.

즉, 권순빈은 반박하는 사람도 없는데 혼자 주장하고 있었던 것이다.

그를 한 마디로 무안하게 만들었던 민호의 입이 다시 열렸다.

"그리고 지금은 그에 대한 대책 회의를 하는 거 아닙니까?"

"그… 그런가요? 언제 글렌초어의 회장이 암 말기로 확정되었죠?"

"암 말기라고는 안 했습니다. 다만 위독할 수도 있다고 말했죠.”

“그게… 그… 말….”

권순빈의 큰 목소리는 점점 작아졌다.

그러자 민호가 그에게서 시선을 떼고 회의실에 모인 구성원을 바라봤다.

“자, 이제 누군지는 모르지만, 글렌초어 회장의 사후에 대해서 생각해봅시다. 지금까지 우리가 세웠던 가설에 따르면, 회장이 죽으면 본사는 옮겨 다닌다. 사실 본사라고 하기도 좀 그런데… 어쩌면 이들은 가문을 형성하고 있는지도 모르겠네요.”

“가문이라….”

“네, 가문. 이들의 성이 모두 글렌초어입니다. 존슨도, 루이스도… 그리고 벤도….”

“그렇군요.”

이제는 고분고분하게 추임새를 넣는 권순빈.

아까 무안하게 주장한 장면을 빨리 바꾸고 싶었던 모양이다.

다행히도 민호가 계속 그 환경을 만들어 주었다.

이러다가 다시 기회를 잡아서 한 방 터트리면 된다.

기회가 왔다.

구인기로부터 시작되었다.

그는 갑자기 뭔가 이상하다는 듯이 고개를 갸웃거리며 말했다.

"어? 근데 방정구만 성이 방 씨네요."

"……."

"……."

모두 침묵한 상황.

권순빈이 벌떡 일어나면서 말했다.

"방정구의 미국 이름을 알아내겠습니다."

민호는 재빨리 고개를 끄덕였다.

이건 생각하지 못했던 일이다.

도대체 방정구와 존슨이 어떤 관계이기에 처음에 신뢰를 받았을까?

생각해보니 양자일지도 몰랐다.

퇴근 무렵 권순빈이 가지고 온 자료.

"정구 글렌초어… 역시 성이 글렌초어였군요."

"그렇습니다. 아… 왜 그쪽으로 한 번도 생각 못 했을까요?"

"방정구의 아버지가 방용현이었고, 설마 친아버지가 있는데, 양자로 들어갔다는 생각을 못 한 거죠. 이제는 거의 확실하네요. 양자이거나, 양자에 준한 위치라는 게… 그러면서 모든 게 설명됩니다. 처음 방정구가 왔을 때, 에이스 그룹에서 계속 자금을 대준 일 등등."

민호의 눈이 밝아졌다.

중요한 사실을 알게 되었다.

정보 하나가 생겼다는 것은 이용할 수도 있다는 의미.

지금 당장 그걸로 뭔가를 할 수는 없겠지만, 최소한 한 가지는 확실했다.

방정구를 미끼로 사용한 게 탁월한 선택이었다는 것!

이제는 그가 자신의 시나리오대로 움직일 수 있도록 노력하는 일만 남았다.

⚜

오늘도 정시에 퇴근한 민호.

요즘은 아이 얼굴 보는 재미에 푹 빠져있었다.

물론 아이는 하루에 많은 시간을 자는 데 할애한다.

빨리 커서 자는 시간 말고 아빠랑 놀아주는 시간이 많아졌으면 좋겠다.

언제부터 그런 일이 가능해질까?

역시 이런 정보는 카페가 유용했다.

특히, 자신의 팬카페인 〈나의 민느님〉을 통해서 얻는 정보가 솔솔했다.

그곳엔 기혼녀들도 꽤 많았다.

어떻게 해서 결혼한 여자들이 〈나의 민느님〉에 가입했는지는 아직도 미스터리였다.

자신의 매력이 통하지 않는 그룹이 바로 유부녀들인데 말이다.

어쨌든, 오늘도 역시 질문을 올려놨다.

– 태어난 지 약 한 달이 다 되어갑니다. 아이는 언제부터 기어 다닐 수 있을까요?

친절한 답변이 붙기 시작했다.

– 헐, 너무 급하신 거 아니에요?

– 기기 시작하면서 고생 시작이랍니다. 그냥 지금을 즐기세요.

누군가의 답변은 아이가 기어 다니기 시작하면서부터 고생이 시작된다고 했다.

아직 경험해보지 못해서 모르겠다.

그때 그의 눈에 불쾌감이 드는 답변이 돌아왔다.

– 태어난 지 한 달이면, 지금은 아이한테 엄마가 필요할 시기입니다. 카페 활동이 너무 잦으면 좋지 않을 것 같습니다.

이건 웬 시비인가?

이 카페에 들어와서 두 번째 불쾌감이 들었을 때였다.

먼젓번에는 댓글을 한 번 달았는데, 누군가 자신을 신고했다.

아직도 잊히지 않는다.

당시에 카페의 회원들이 자신을 너무 신격화하는 것 같아서 살짝 부담스러워 하던 그는 이런 식으로 충고했었다.

– 이 카페 여자들은 김민호에게 너무 맹목적인 거 같다.

이 댓글을 신고하다니?

분명히 이 카페에는 너무 자신을 신격화하는 것 같았다.

그나마 그때에는 신고 당한 불쾌감만 들었을 뿐, 기분이 나쁘지는 않았다.

당시의 신고는 어쨌든 자신을 무척 좋아하는 광팬이 저지른 일일 테니 말이다.

그러나 지금은 대놓고 비난했다.

물론 자신이 여성으로 위장하고 심지어 아이디도 〈진짜 아내 유미〉라고 했기에, 민호가 아닌 익명이나 마찬가지지만, 그래도 기분 나쁜 건 매한가지.

아니 더 기분 나빴다.

아이디를 〈진짜 아내 유미〉라고 쓰니까, 유미에게 감정이입이 되어 상대가 자신이 아닌 유미를 비난하는 것처럼 느껴졌다.

당연히 가만있을 수 없었다.

심지어 상대방의 아이디도 기분 나빴다.

"민호 장모? 웃기고 있네."

민호의 마우스가 이동하고 신고 버튼을 눌렀다.

그러고 나서 신고 사유의 〈기타〉를 클릭하며 재빨리 적었다.

– 상대방의 인신공격으로 인한 정신적 피해를 받았습니다. 조속히 처리해주시기를 바랍니다.

마음속으로 빌었다.

조희경이 이것을 보고 빨리 처리해주기를…

199회. 죽은 자와 죽음을 생각하는 자

거친 숨소리와 무언가를 붙들고자 하는 간절한 눈빛.

이것은 단지 1분이라도 더 세상에 남기를 원하는 자가 보이는 모습일 것이다.

모르가넬라 글렌초어는 지금 그 모습으로 주위에 모인 많은 사람을 바라보고 있었다.

드디어 산소호흡기가 그의 입과 코에서 이탈한 순간.

"하아… 하아…."

숨을 몰아쉬기 시작했다.

마라톤을 막 끝낸 선수도 이처럼 호흡이 가빠 보이지는 않을 것 같았다.

자신의 주치의에게 마지막 유언을 할 수 있도록 산소

마스크를 떼달라고 한 모르가넬라.

정작 이렇게 산소호흡기를 떼어내자 숨만 몰아쉴 뿐, 한 마디도 하지 못했다.

눈을 한 번 감았다가 다시 떴다.

머릿속으로 수많은 말 중 가장 단순한 어휘를 생각하는 중이었다.

자신의 의지를 표현하려고 노력하는 모습은 보는 사람으로 하여금 애가 타게 하였다.

그래도 사람들은 기다렸다.

섣불리 꺼낸 한 마디가 모르가넬라의 유언을 방해할 수도 있었다.

10초가 10년 같은 이 순간.

드디어 그의 입에서 유언이 나왔을 때.

모두의 촉각이 곤두설 수밖에 없었다.

"게…르트에게…."

"……."

"……."

사람들은 그다음 말을 기다렸다.

특히, 게라트라는 이름이 호명되자, 그 이름의 주인공은 눈이 밝아졌다.

더 명확하게 듣고 싶었다.

하지만 한참을 기다려도 모르가넬라의 호흡 소리만 들렸다.

"하아…, 하아…."

헐떡이는 그 울림이 대단히 크게 들리는 이유는 모두가 숨죽이고 있다는 증거나 마찬가지였다.

그렇게 조용한 상황을 만들어 모르가넬라의 마지막 말을 들으려고 했지만…

"……!"

"……!"

그렇게 노력했는데도, 모르가넬라는 여기에 모인 사람들이 원하는 말을 다 쏟아내지 못하고 눈을 감고 말았다.

이번에 병원에 들른 모두가 그의 죽음을 예상했다.

하지만 안타깝게도 정작 중요한 순간에 명확하게 말하지 못하고 숨을 거둔 모르가넬라.

한 시대를 풍미한 거인의 죽음치고는 너무 허무했다.

"운명하셨습니다."

의사의 말이 모인 사람들에게 들렸다.

그의 입에서 나온 사망선고는 잠시 정적을 불러일으켰다.

그때 지금까지 조용히만 있었던 사람 중에 존슨이 나섰다.

"나를 보고 있었습니다. 분명히 나를 보고 있었어요."

"그러나 그의 입에서는 제 이름이 나왔죠."

존슨의 말에 뒤이어 바로 굵은 목소리가 나왔다.

그가 바로 게르트 글렌초어였다.

그는 독일인이었다.

유럽의 글렌초어 본사가 스위스에 있었지만, 실질적으로 유럽을 통제하는 사람이었다.

존슨과는 후계자 싸움을 하는 라이벌이었다.

"원래 가주는 오늘 나에게 남은 유산을 상속하려고 했습니다. 이미 나와 전화통화로 모든 것을 끝냈단 말입니다."

존슨은 계속해서 주장했다. 날카로운 눈빛이 그의 단춧구멍 눈에서 쏟아져 나왔다.

그러나 그의 말에 지지 않고 반박하는 게르트.

"그럼 녹음하셨겠군요. 들려주십시오."

"어떻게 녹음을 한단 말입니까? 갑자기 그런 말을 할 줄은 생각도 못 했는데요."

"안타깝지만, 증거가 없네요. 그러니까 지금은 그냥 조용히 계시는 게… 사실 저도 주장할 건 많습니다. 가주가 운명하시기 전에 제 이름이 언급되었다는 부분. 그게 바로 핵심 아닙니까."

"가주를 옆에서 자주 보시고도 그런 말씀을 하시는 겁니까? 원래 가주는 중요한 말을 뒤에서 합니다. 그러니까 분명히 다음 가주는 게르트가 아니라 존슨이 맡아야 한다. 이것을 이야기하시려고…."

"하… 억지도 그런 억지는 처음 듣습니다. 평소에 중요한 말을 뒤에서 한다? 뭐, 그럴 수도 있겠죠. 그렇다고 칩시다. 그러나 죽음을 앞에 두고 계셨습니다. 핵심적인 말을 하시려고, 바로 그 한마디를 하려고 지금까지 참아오신 거고요. 당연히 가주의 입에서 제 이름이 나왔다면… 다음 대 가주는 저를 호명한 거나 마찬가지입니다.”

글렌초어 가문에서 다음 대 가주를 유언할 때 호명해주는 전통.

꽤 중요했다.

세력을 다지고, 그 세력이 자신을 지지해줄 수 있기에.

이른바 명분 싸움이었다. 자신의 세력에 명분을 세우고, 중립 세력을 끌어모으기 위해 반드시 들어야만 했다.

당연히 첨예한 대립이 오갈 수밖에 없는 상황이었다.

죽은 자에 대한 애도는 전혀 없었다.

오히려 표정만 놓고 봤을 때에는 전쟁터와 같았다.

눈빛과 눈빛이 부딪히며 스파크가 튈 것 같은 이 시간.

침묵을 깬 것은 의사였다.

“저… 고인을 이렇게 내버려둘 수만은 없는데….”

그제야 정신이 든 듯, 존슨이 재빨리 말했다.

“아, 죄송합니다. 장례절차는 제가 밟겠습니다.”

“아니죠. 제가 하겠습니다. 방금 고인의 입에서 제 이름이 나오지 않았습니까?”

“무슨 소립니까? 자꾸 이러실 겁니까?”

의사는 한숨을 내쉬고 말았다.

⚜

12월에 들어서 글로벌의 사업 방향이 확대되었다.

극동 아시아에서는 중국과 일본을 포함해서 식품 분야가 성공을 거두고 있었다.

특히, 기존의 라면과 스낵이 중국에 진출해 꽤 큰 성공을 거두었다.

이는 글로벌 푸드의 매출 증대로 이어졌고, 더불어 글로벌 무역상사도 중국 진출을 할 수 있었다.

"그래서 중국 지사가 반드시 있어야 한다고 말씀드리는 겁니다."

조정환의 목소리가 민호의 귀에 꽂혔다.

현재 글로벌의 해외 지사는 미국과 두바이, 그리고 인도네시아에 존재했다.

중국이라는 큰 시장을 무시할 수 없으니, 당연히 확대해야 한다는 게 그의 주장이었다.

"알겠습니다. 좋은 의견이시네요. 참고하겠습니다. 아, 그런데…."

"……."

"이곳 경제 연구소에서는 전통이 있습니다. 바로 자신이 낸 의견은 자신이 책임진다는."

조정환의 눈이 살짝 커졌다.

그리고 민호의 다음 말을 듣고 동공에 지진이 생기기

시작했다.

"그래서 말인데, 아마 중국 지사가 생기면 조정환 씨를 보낼 겁니다. 그렇게 하시기를…."

"아… 저… 그… 그건…."

똑똑똑.

그때 누군가 민호의 업무실을 두드리는 소리가 들렸다.

자연스레 민호는 미소를 지으며 말했다.

"들어오세요."

조정환의 이야기를 더 듣지 않겠다는 뜻이었다. 곧 울상을 지으며 나가는 네모돌이.

바통을 터치한 사람은 강성희였다.

그녀는 문을 열고 다가와서 이렇게 말했다.

"스위스 부르몽 병원에 입원 중이던 모르가넬라가 사망했습니다."

"……!"

요즘 민호가 가장 촉각을 곤두세우는 곳은 바로 스위스였다.

스위스에 존슨과 방정구 등이 모였다는 사실을 알게 된 후 그는 그곳에서 일어나는 일을 반드시 알아야 한다는 생각을 가졌다.

가장 빠른 방법은 그곳으로 떠나는 것이다.

당연히 그쪽으로 날아가고 싶은 생각은 굴뚝 같았다.

그러나 그렇게 되면 시간이 지체될 뿐 아니라, 이곳에서도 할 일이 있는데, 그것을 하지 못하게 된다.

그래서 선택한 것은 결국 해킹이었다.

이것을 과히 좋아하지는 않았다.

어쨌든 법을 지키는 쪽이 아니기 때문이다.

그래서 강성희와 임동균, 그리고 권순빈은 해킹할 때마다 회사에서 마련해준 12인승 승합차를 타고 돌아다니며 정보를 수집했다.

그렇게 해서 찾아낸 부르몽 병원의 입원자 명단에서 '글렌초어' 라는 성을 가진 사람을 발견한 것은 확실한 소득이었다.

그가 글렌초어의 회장임을 추측할 수 있었기 때문이다.

"모르가넬라의 죽음… 이제 정말 어떻게 될지 지켜봐야겠네요."

"계속 알아볼까요?"

강성희의 지금 이 말.

해킹을 통해 알아보겠다는 의미였다.

고개를 끄덕인 민호.

일단 시간과 정보 싸움이기에 다시 한 번 허락했다.

강성희가 고개를 숙이고 나가자 잠시 오늘 할 일을 점검했다.

머릿속에 여러 가지 스케줄이 떠다니고 있었다.

그는 곧 그것을 모두 삭제했다.

갑자기 최우선적으로 해야 할 일이 생겼다.

그게 바로 안재현과의 만남이었다.

지난번 전화로 자신과의 만남을 요청한 그에게 곧 찾아간다고 했는데, 시간이 좀 지체되었다.

왠지 모르게 안재현 역시 스위스에서 벌어지고 있는 일에 대해서 많은 것을 파악했을 것 같은 느낌이 들었기에.

자신이 가진 정보와 그가 가진 것을 교환해야 할 필요가 있었다.

그래서 누른 통화버튼.

신호음이 울리고 그의 목소리가 들려왔다.

"접니다. 오늘 찾아뵈려고요."

(좋아. 언제? 지금?)

"저는 회장님과 달리 봉급쟁이입니다. 당연히 퇴근 시간에 상사의 눈치를 보고 나서 회사를 나와야죠."

(내 밑에서 일하면 그런 눈치 보지 않아도 될 텐데… 일단은 알았어. 이따 보자.)

"네, 그럼."

늘 자신에게 호의적인 안재현.

신기한 일이었다.

특히, 요즘은 더욱 호의적으로 자신을 대하고 있었다.

고개를 갸웃거리는 민호.

뭔가 설명할 수 없는 예감이 그의 가슴을 두드리고 있었다.

⚜

전화를 끊은 안재현은 다시 정면을 바라봤다.

그곳에 하얀 가운을 입고 안경을 쓴 사람이 있었다.

과거 아버지의 주치의였고, 지금은 자신의 주치의인 그 사람을 보는 시선은 매우 고요했다.

안재현의 표정변화도 전혀 없었다.

전화를 끊기 전에 들은 그 충격적인 이야기에도.

"그래서… 수술하고 생존확률은 얼마나 된다는 겁니까?"

"……."

자신을 바라보는 사람은 안경을 살짝 들어 올렸다.

살짝 걱정하고 있는 듯 보였다.

그 말을 하고 나서 자신이 어떤 표정을 지을지 안다는 것처럼.

"50%야."

"50%… 나쁘지 않네요. 아버지는 고작 10%였잖습니까? 그런데도… 그렇게 질긴 당신 수명 붙잡고 계셨는데… 수술 안 하고 말입니다."

맨 마지막 말에 힘을 주었을 때, 안재현은 의사의 표정이 변하는 것을 느꼈다.

그가 할 말도 알고 있었다.

"자… 자네… 설마…."

"50%의 확률이 정확한 건지는 모르겠지만, 어쨌든, 죽을 확률도 50%란 이야기잖아요. 전 그렇게 낮은 확률에 목숨을 걸고 싶진 않네요."

"그… 그럼… 해외로 눈을 돌리게. 어쩌면…."

"됐습니다. 박사님이 세계에서 가장 수술 잘하신다고 작년에도 뽑혔는데… 그냥 이렇게 살다 죽을래요. 10% 확률인 아버지가 1년 넘게 더 버티셨으니까, 제가 다섯 배 더 오래 살겠네요."

뱀눈이 꿈틀거렸다.

안재현의 얼굴에 오랜만에 미소가 감돌았다.

올해 내내 몸이 좋지 않다는 것을 느꼈다.

분명히 자신의 몸에 이상이 생겼다는 것을 감지한 그였다.

그럼에도 불구하고 병원을 찾지 않았다.

그는 애당초 병원을 신뢰할 수 없었다.

아버지에게 사망선고를 하고, 어머니에게 실어증을 선사한 곳이다.

그곳에 자신의 운명을 맡기고 싶지는 않았다.

당장 수술하면 50%?

저건 헛소리다. 왜 저런 확률에 생명을 걸어야 하나?

그렇게 해서 당장 자신이 죽는다면?

그룹은? 그룹은 아마도…

뚜르르르르.

그때 전화벨이 울렸다.

오늘따라 전화도 많이 온다.

아까 민호에게 왔으니, 이번에는 분명히 다른 사람일 것이다.

스마트폰을 꺼내고 그의 눈빛에 짜증이 솟구쳤다.

– 안재열

바로 이놈이다. 자신이 죽으면 이 무능력한 놈에게 그룹의 운명이 넘어갈지도 모른다.

"전… 이만 가겠습니다. 종종 뵙지요."

"……."

상대방의 입을 굳게 걸어잠그고 일어나는 그는 통화버튼을 눌렀다.

(형님이요? 접니다. 형님, 제가 그래도 하나밖에 없는 동생이지 않습니까? 제발….)

"……."

전화를 받자마자 안재열은 우는 소리로 징징댔다.

며칠 전 뜬 뉴스.

뇌물 수수와 비자금 조성으로 인해서 그는 대문짝만하게 일간지 1면을 장식했다.

물론 아직 혐의만 있는 거지, 완전히 밝혀진 것은 아니다.

따라서 믿을만한 유일한 곳, 기댈만한 유일한 곳인 자신의 바짓가랑이를 붙잡고 있었다.

"알았다."

(네?)

"알았다고… 대신! 조건이 있다."

(말씀만 해주세요, 형님. 제가 다 따를게요. 정말입니다. 다시는 이런 일 없게 하고….)

"됐으니까, 이제 그 입 좀 닥치고!"

(아… 네, 네. 형님.)

"일단 잠시 해외에 나갈 준비 하고 있어."

(…….)

이 말에 대한 대답은 없었다.

안재현은 대답을 기다리는 성격이 아니었기에 딱 한마디만 하고 전화를 끊었다.

"싫으면… 말고."

(아닙니다. 형니….)

자신을 부르는 소리 중간에 끊은 전화.

그러고 나서 다시 전화벨이 울렸다.

그는 받지 않았다.

아마도 오늘 안재열은 자신을 찾아오게 될 것이다.

그렇게 되면, 조건 하나를 더 붙여야겠다고 생각했다.

HOLIC : 그의 직장 성공기

200회. 가족과 화합하라

오늘은 라디오에서 차이코프스키의 피아노 협주곡 1번이 흘러나오고 있었다.

차의 진행속도에 맞춰서 흘러나오는 음률이 민호의 귀를 즐겁게 해주었다.

뭔가 좋은 일이 있을 것 같은 기분이 온몸을 휘감았다.

성혜그룹으로 진입했을 때, 발레파킹을 하러 나온 사람 하나가 민호를 멈추었다.

올해 이곳을 자주 방문한다.

어쩌다 보니 오게 되었는데, 오늘 시작부터 과한 대접을 받았다.

"제가 운전해도 됩니다."

"회장님이 저보고 직접 하라고 말씀하셔서…."

얼굴에는 '제발' 이라고 쓰여 있었다.

그래서 결국 민호는 차에서 내릴 수밖에 없었다.

그런데 로비에 들어가자마자 살짝 놀랐다.

그곳에는 이미 안재현이 기다리고 있었다.

"왜 나오셨습니까?"

"마중."

짧게 말하는 게 안재현의 특징이다.

민호는 살짝 웃으면서 머릿속으로 생각했다.

오늘은 그의 말 길이를 늘이고 말겠다.

그냥 그러고 싶었다.

성혜가 분명히 글로벌의 적이기는 하지만, 요즘은 미운 정이 들었을까.

왠지 모르게 안재현에게 인간적인 냄새를 맡고 싶다는 욕망이 솟구쳤다.

그래서 시작된 대화.

"전에 감사했습니다."

함축적인 의미를 전달하기 시작했다.

여기서 '전' 이란 당연히 화환을 보내준 걸 의미했다.

안재현은 그것을 알고 있다는 듯이 고개를 끄덕였다.

"축하할 건 해야 하니까."

"그렇군요. 그런데… 정말 궁금한 게…."

이들의 대화는 엘리베이터에서 이루어지고 있었다.

성혜 그룹과 글로벌 그룹의 차이점은 엘리베이터에서 시작되었다.

바로 회장실 직통이 있다는 점이었다.

비밀 대화가 여기서부터 회장실까지 쭉 이어질 수 있다는 것은 나름대로 편리한 구조였다.

"저에게 꽤 잘해주십니다."

"맘에 드니까."

"그건 알지만… 엄연히 말하면, 우린 적입니다."

"맞아. 적. 그런데 말이야…."

그때 엘리베이터 문이 열렸다.

밖으로 나오는 안재현.

뚜벅뚜벅.

발걸음 소리를 내면서 입을 열었다.

"시원찮은 아군보다 똑똑한 적이 있어야… 내가 성장하거든. 그래서 늘 난 너에게 고마워한다."

"별말씀을… 저 역시 항상 신경 써 주시는 회장님께 요즘 감사하고 있습니다. 그래서 말인데…."

"……."

"한 가지 요구할 게 있습니다."

이 말을 했을 때, 드디어 비서실에서 사람들이 나왔다.

당연히 민호와 안재현의 대화는 끊어졌다.

민호의 눈에 보이는 신지석.

그가 고개를 숙이자, 민호 역시 같은 높이고 고개를 숙였다.

안재현이야 그들의 상관이지만, 자신은 어느 정도 예의를 갖출 필요가 있었다.

고개를 들면서 신지석에게 미소를 지었다.

"고생 많으십니다."

그러고 나서 계속 걸어가는 안재현의 뒤를 따라나섰다.

손잡이를 열자 처음으로 안재현의 거처가 눈에 보였다.

그곳에 발을 들이자, 대단히 넓은 구조에 벽에는 큰 TV가 있었다.

멋진 그림도 있었는데, 자신의 교양이 짧아 그 그림이 누가 그린 것인지 결코 알 수 없었다.

"루시퍼의 몰락. 장 자크 프랑소아의 작품이지."

"아, 네…."

전혀 들어보지 못한 사람이었다.

"유명한 사람이겠군요."

"개인적으로 지원하고 있어."

"아… 죽은 사람 아니었나요?"

"아니. 살아 있어."

"그렇군요."

"나중에 죽으면…."

"……."

"비싸질 거야."

민호의 눈에 이채가 서렸다.

안재현의 말 속에 마치 이 화가가 곧 죽을 것 같은 느낌을 품고 있었다.

그리고 이 화가의 작품을 많이 사들였을 거라는 예감도 들었다.

그것까지는 알 바 아니다.

민호가 지금 알고 싶은 것은…

"아까 원한다는 거부터 말해봐."

드디어 시작되었다. 그와의 협상이.

⚜

사람에게 기회는 자주 찾아오지 않는다.

그래서 방정구는 그 기회라는 놈을 찾으러 다녀야 한다고 생각했다.

그에게 지금 기회가 왔고, 그것을 움켜쥐려면 현명한 판단이 필요했다.

늦은 밤, 은밀하게 게르트를 찾아온 이유.

이 기회를 최대한 활용하기 위해서였다.

"독립하겠다고?"

"네, 독립하겠습니다. 도와주신다면, 더 완벽하게 하려고요."

"흐음…."

게르트는 잠시 호흡을 조절했다.

머릿속으로는 이것이 미치는 영향에 대해서 계산하기 시작했다.

자기를 찾아온 방정구.

그는 오자마자 독립한다고 말했다.

그게 무슨 의미를 뜻하는지 잘 알고 있었다.

최소한 라이벌의 약화를 의미했다.

"어떻게 도와주면 되는데?"

"두 가지를 약속해주시면 됩니다. 한 가지는… 몇 가지 사업을 준비하고 있는데… 그곳에 대한 투자를 부탁합니다."

그 말이 나올 줄 알았다.

문제는 투자의 규모와 방법이었다.

규모를 줄이고 방법을 은밀하게 하기 위해서는 연기력이 필요했다.

"자네도 알다시피… 지금은 여력을 아껴서 내 사업의 가치를 올려야 할 때야. 1년! 그 안에 난 가주의 자리를 놓고 내 능력을 보여줘야 해."

"알고 있습니다. 그러니까 더 투자하셔야 한다고 말씀드리는 겁니다."

글렌초어의 가주가 죽으면 1년의 시간을 갖는다.

그 시간 동안 후계자들은 가주가 되기 위해서 운영하는 사업체의 자산을 최대한으로 늘려야 한다.

당연히 다른 곳에 투자하기보다는 내실을 다치는 게 일차적인 목표.

그것을 말하자 방정구가 대안을 말하기 시작했다.

"아시아 시장은 거대합니다. 제가 나중에 크게 키워서 게르트 님을 지지한다면? 아마도 다음 대 가주의 자리는 어디로 갈지 확실해지겠죠."

"흐음…."

강렬한 유혹이지만, 믿을 수 없는 말이었다.

나중에 키워서 자기에게 붙는다는 확신이 어디 있단 말인가.

한 번 배신한 놈은 또 배신하게 되어 있다.

적당히 타협해서 일단 방정구와 존슨을 떼어 놓는 게 우선이었다.

"좋아. 그럼 다른 한 가지 약속은 뭐지?"

방정구의 눈이 빛났다.

입꼬리가 말려 올라가면서 힘을 주며 자신이 원하는 것을 말했다.

"게르트 님 다음 대의 가주 자리입니다."

⚜

늦은 밤, 민호는 재권을 불러냈다.

오늘 있었던 안재현과의 협상에서 이상한 점을 너무 많이 발견해서 도저히 이해되지 않았다.

늘 같이 가던 포장마차에 재권이 도착하기 전, 벌써 몇 잔이나 기울였다.

민호답지 않은 일이었다.

술이 세지 않아서 절대 남보다 먼저 술잔을 기울이지 않았는데…

“웬일이야? 무슨 일 있어?”

“아… 오셨어요? 이모, 여기 잔 하나만 더요.”

포장마차의 아주머니는 바로 술잔을 민호에게 넘겨주었다.

그는 손을 내밀어 재권의 잔을 받아서 술잔을 앞에 탁 놓았다.

그러고는 소주 한 병을 기울였다.

쪼르르륵.

술잔이 소주로 가득 채워진 것을 확인한 후에 자신의 것을 들어 올렸다.

“일단 한 잔.”

“응? 응. 좋지.”

재권은 사뭇 다른 분위기에 민호에게 무슨 일이 일어난 건지 걱정이 마음속에 앞서고 있었다.

오늘 안재현을 만나러 간다고 했다.

원하는 것을 항상 손에 쥐어서 온 민호.

오늘은 그게 실패한 것일까?

참 애매한 표정이었다.

술잔을 들고 자신의 목을 화끈하기 지지고 있으면서,

별생각이 다 들었다.

그런 그의 귀에 벌써 술잔을 넘기고 나서 내뱉는 민호의 목소리가 들렸다.

"오늘 성혜 그룹 회장 만났잖아요."

"응. 그랬지. 그렇잖아도 궁금하던 참이었어."

"제 모든 조건을 들어주었습니다. 정말 이상하네요."

"……."

재권의 표정도 황당함을 내비쳤다.

얼마 전에 민호는 자신에게 찾아와서 안재현과 협상을 하겠다고 말했다.

그런데 그 협상 내용이 약간 과도한 것이었다.

"합작 제약회사를 가져가겠다고 했더니, 그가 말했습니다. 그러라고. 단지 그뿐이었습니다. 그가 거절하면, 이번에 특허 낸 정신병 치료제를 거래 조건으로 꺼내려고 했는데…."

"허…."

"그가 그렇게 나오니까 무슨 생각인지 도저히 알 수가 없었습니다."

민호가 모르는데, 재권이 어떻게 알겠는가.

민호의 입에서 나온 정신병 치료제는 꽤 가치 있는 것이었다.

그것도 듣지 않은 채, 민호의 조건을 수락하다니.

이해가 되지 않을 만도 했다.

"그래서… 형이 그 말만 하고 끝냈어?"

"네. 대신 적당한 가격으로 지분을 인수해 가라고… 이유를 묻고 싶었습니다. 왜 이렇게 쉽게 내주는지."

민호는 목이 타는 듯이 다시 한 번 술잔을 들어 자신의 입속에 털어 넣었다.

"거기다가 글렌초어의 일에 대해서 서로 정보를 공유하자고 말하니까, 알고 있는 정보를 먼저 꺼냈습니다. 갑자기 꺼내 놓은 그 정보에 제가 당황할 정도로…."

"그랬어?"

그러고 나서 정면을 바라보며 읊조렸다.

"어쩌면 말입니다."

"……."

"그의 신상에 무슨 일이 생겼을지도 모른다는 생각이 들었습니다."

⚜

같은 시각 다른 장소.

성혜 그룹의 회장실에서 안재현은 자신의 남동생을 바라보고 있었다.

시선을 피하는 안재열을 보며 속으로는 옅게 한숨을 쉬었다.

이제 안재열은 민호는커녕 재권에게도 미치지 못했다.

어찌 이렇게 못난 동생일까?

"일주일 주겠다. 러시아에서 한 3년만 고생해."

"형… 형님… 미국도 있고, 유럽도 있는데, 아니 가까운 일본이랑 중국도 있잖아요."

"그래서 안 돼."

그래서 안 된다?

설명은 너무 부족했다.

그러나 추가로 해주고 싶은 생각은 전혀 없었다.

원하지 않는다면, 죄에 대한 대가를 받게 해주는 것.

그게 안재현이 동생에게 해주고 싶은 이야기였다.

"싫어? 싫으면 오늘 당장 출두하든지…."

"아… 아닙니다, 형님. 가… 가겠습니다."

역시 안재열은 자신의 예상대로 조건을 수락했다.

거기다가 한 가지 더 있었는데…

"아, 성혜 지분도 일단 내놔야 할 거야."

"형님!"

이번에는 아까보다 목소리가 더 커졌다.

그럼에도 불구하고 안재현의 눈빛은 전혀 미동도 없었다.

오히려 동생을 바라보는 눈빛에 불꽃이 더 진해졌다.

활활 타오르는 그 불꽃에 안재열은 그만 꼬리를 말았다.

"가격은 후하게 쳐주십시오."

그 말에 고개를 끄덕이는 안재현.

손을 휘저으며 나가라는 표시를 했다.

안재열이 떠나고 나서 잠시 손에 깍지를 끼고 앉아서 생각에 생각을 거듭했다.

배짱도 줏대도 없는 녀석.

아무리 생각해도 자신의 후임으로 이 자리에 안재열은 무리였다.

잘못하면 지금까지 애써 키워 온 성혜를 무너트리기에 알맞은 놈이었다.

안재현은 깍지 낀 손을 풀고 이마를 꾹 눌렀다.

머리가 살짝 아파서 양쪽 관자놀이를 몇 번 눌렀는데, 손 밑으로 걸려있는 그림이 보였다.

루시퍼의 몰락.

아까 장 자크 프랑소아의 작품이라고 민호에게 설명한 그림.

그는 갑자기 일어서서 그 그림 앞으로 걸어갔다.

그러다가 그림 앞에 섰을 때, 그는 손을 뻗어 그림을 내렸다.

그리자 드러나는 금고.

이곳이 바로 자신 말고 아무도 모르는 공간이다.

좌르르륵, 좌르르륵.

번호를 돌리며 금고를 열었다.

그리고 안재현은 다시 한 번 아버지, 안판석의 유언장을 꺼내 들었다.

마지막에 쓰여 있는 부분…

– 스위스 은행 비밀번호. SS610110. 어머니를 믿어라. 가족과 화합해라. 그러면 얻을 게 더 많아질 것이다.

다시 꺼내 드는 이유.

이미 비밀번호로 얻을 건 다 얻었다.

그렇다면?

유언장을 꺼낸 본인만 알고 있을 것이다.

〈9권에서 계속〉